文庫

虫めづる姫君　堤中納言物語

作者未詳

蜂飼耳訳

kobunsha classics

光文社

Title : 堤中納言物語

『虫めづる姫君　堤中納言物語』目次

訳者まえがき

『堤中納言物語』は、「虫めづる姫君」をはじめとする十編の物語と一編の断章から成る短編物語集だ。この書物には、平安時代後期から鎌倉時代にかけて書かれた物語が集められている。

短編集といっても、現代の感覚からするとアンソロジーと呼んだほうがしっくりと来る。というのは、各編は、作者も書かれた時期もばらばらだからだ。そして、作者も、書かれた時期も判然としない。一編をのぞいては。

十編の短編と一編の断章を選んでまとめた編者がだれかも不明のままだ。成立に関してよくわからない点の多い物語集だけれど、それは、物語そのものを読み味わう上では、じつはそんなに気にならないというのも事実だ。一編ごとに、時間をかけて向き合った末に私はそう思っている。読みはじめれば即座に動き出す登場人物たち。展開する場面。すると、その作品をいつだれが書いたかは遠景へ退いて、見えなくなる。

書物のタイトルが、なぜ「堤中納言」なのかも、よくわかっていない。一説には、「ひとつつみ」にまとめられた物語だから、とされている。先に触れたように、この書物はアンソロジーといった趣きを持ってはいるけれど、全体を貫く共通のテーマがあるわけではない。とはいえ、季節の移ろいで各編が結ばれている、と受け取ることは可能だ。そして、それぞれの物語が、まるで異なる持ち味と意外性を見せている。

読み進める上でわかりにくいと思われる点について、触れておきたい。一つは、登場人物たちの呼称について。もう一つは、描かれた恋愛関係の背景についてだ。

まず、登場人物たちの呼称についてだけれど、それらは官位・官職にもとづくものがほとんどだ。「頭中将《とうのちゅうじょう》」「右大将」「右大臣」などがそのまま男性の呼称であることはいいとして、わかりにくいのは、女房などの女性の呼称だろう。「中納言の君」「宰相《さいしょう》の君」など。これは、その呼称で呼ばれる女性が、そうした官職の人物を縁者に持つことを表わす。つまり、直接その女性の地位などを示すものではない（といっても、左大臣、右大臣、大納言、中納言など公卿《くぎょう》の官名を呼称とする女房は、そういう縁者を持つ女性ということで、上層の女房ということになる）。

読み進める中で、登場人物の呼称やそれにまつわる人物関係がどうなっているのか、現代の読者にとっては見えにくい部分も残る。読みにくさを避けるため、注をつけ、なるべく簡潔に記した。

それから、現代の読者にとってわかりにくいかもしれないもう一つの点、恋愛関係の背景について。もちろん、『伊勢物語』や『源氏物語』などに親しんでいる読者には見慣れた光景だろう。たとえば、冒頭の「花を手折《たお》る人」は、月明かりの中、女のもとから帰ってくる男を描くことではじまる。いわゆる通い婚。女は、男が来るのをひたすら待つ状態にある。登場人物たちは、現代の一夫一婦制とは異なる関係に置かれている。

終わりから二つめに置かれた「黒い眉墨《まゆずみ》」でもそれは描かれる。まだ昼間なのに、男は急に思い立ち、女のもとへ出かける。慌てた女は、とんでもない失敗をする。また、たとえば「思いがけない一夜」に描かれた、男たちの邸《やしき》へ姫君たちが呼び出されることがなぜ異常なことなのかという理由も、そうした背景にもとづいて想像できる。

『堤中納言物語』は、何度読み直しても、こんな物語集が遠い過去に日本語で書かれ、伝わってきたのかと驚かされる書物。短い物語の中に、喜怒哀楽の香りが確かにすっと立ちのぼり、鼻先をくすぐる。描かれている感情は、現代から見てもそんなに遠いものではない。各編に、一読者としての私の感想、考えたことなどを記すかたちで文章を寄せた。『堤中納言物語』の面白さと味が伝われば、うれしい。

挿画　渡辺ナオ

堤中納言物語

花を手折る人

花桜折る中将[1]

月の光に、だまされてしまった。

もう夜が明けたものと思いこんで、慌ただしく女の家を出てきた。[2] きっと女は、もっと一緒にいてくれればいいのに冷たいな、なんて思い悩んでいるんだろう。そう思うと、いまからでも引き返したほうがいい気もする。けれど、いざ戻るには、もうかなり来てしまっている。戻るに戻れない。そのまま、ふらふら、家路を辿《たど》る。いつもなら、あたりの家々から聞こえてくる、朝のしたくのさまざまな音。それも聞こえない。静まり返っている。なぜって、人々はまだ眠っているから。

月の光が地上をいっぱいに照らしている。見渡せば、あちらこちらに咲きほこる桜の花。まるで霞《かすみ》みたいだ。ここに来るまでの、どこの景色よりもずっといい。いつまでも見ていたい感じ。通り過ぎるのが惜しい。

そなたへと行きもやられず花桜にほふこかげに旅だたれつつ

（このまま立ち去れないよ、桜。いまがピークだとばかりに、こんなきれいに咲いている花に、どうしようもなく心奪われて、足が向かってしまう。）

そんなふうに口ずさんで、ある家を目にしてはっとする。思い出す。あ、そうだ、ずっと前、この家にいた女とつきあったことがあった。すごい昔のことだけど。にわかに、記憶がよみがえってくる。

立ち去りがたい。ふらり、たたずんでいると、築地《ついじ》[3]の崩れたところから人影が現れる。白っぽい着物の老人。ごほ、ごほ、と咳《せき》をしながら、こっちの方に出てくる。

1　タイトルは多くの写本で「中将」ではなく「少将」となっているが、本文の中では「中将」とされている。本書ではタイトルでも「中将」とした。

2　当時の婚姻は、男が女のもとを訪ねる、いわゆる通い婚。男は早朝に女の家から帰る。夜が明けて明るくなるまで女のもとに留まっているのは格好悪いと考えられていたようだ。この場合、月光の明るさに、うっかり、もう夜が明けると思いこんでしまい、早々と立ち去ったということ。わだかまりや誤解の原因ともなる、時刻の勘ちがい。

その邸《やしき》は、すっかり荒れ果てている。人の気配も感じられない。だから、すきまから中をのぞいてみても、様子をうかがっても、だれにも注意されない。門番もいないのだ。

老人はまた邸の内へ戻ろうとする。思いきって、呼びとめる。そして、訊いてみる。

「あの、昔ここに住んでいた女のかた、いまもいる？　お会いしたい者が来ていると、取りついでくれないか[4]」

「そのかたは、もう、ここにはいらっしゃいません。どこに行かれたのか……。他の場所へ引っ越されました」

それを聞いて、気の毒な気もちが湧いてくる。もしかして、尼になったんだろうか。頼りにできる人を持たず、どうしようもなくて尼になる女は少なくない。昔、その女性と会うときに手引きしてくれた、この邸に仕えていた光遠《みつとお》[5]という男を思い出す。

「あなた、あの光遠って男に会うこと、ある？」

懐かしい思い出が、次々と思い浮かんでくる。老人に話しかけていると、邸の建物の方から、板戸を開ける音が聞こえてくる。朝のしたくをしているのだ。

中将は、お供の男たちを少し離れたところへ行かせた。そして、透垣《すいがい》[6]のそばの、すすきがいっぱい生い茂っているところに隠れた。そこから邸の様子をうかがう。

するると、こんな声が聞こえてくる。

「少納言さん、もう夜が明けたでしょう？　ちょっと外へ出て、たしかめてよ」

年ごろの侍女だ。[7]きれいな子だ。すっかり着なれた感じの、宿直《とのい》[8]のすがたをしてい

3　土を積み上げて作った壁。土だけのものもあれば、板を芯にしたり、瓦をのせたりしたものもある。土だから、崩れるときは崩れる。壊れた箇所から邸内をのぞき見るという行為から偶発的にはじまる出会いもある。
4　原文には「山人にもの聞こえむといふ人あり」と伝えてくれ、とあって、『源氏物語』の「蓬生《よもぎう》」の巻を連想させる箇所とされる。余裕がなくて、手入れされずに放置されている荒れはてた邸に、思いがけないほどの美女がいる、という趣向。貴族の男たちは、こうした出会いを求めて忍び歩きをする。
5　原文では「みつとを」。仮りに「光遠」とする（岩波書店『新日本古典文学大系』を参照した）。
6　板や竹で作られる垣根。向こう側が見えるような作り。
7　召使いの少女。本文では「よきほどなる童《わらわ》」。十歳前後を童と呼ぶ。
8　宮中や役所に宿泊して勤務すること。少し前まで、この侍女は宮中に出仕していたのだろう。

る。少し紫がかった赤色の、つやのある袙《あこめ》[9]を着ている。よく梳《す》いた髪が、小袿《こうちぎ》[10]に映えて、すごくきれいだ。

その侍女は、明るい月の方へ扇をかざし、顔を隠しながら歩いてくる。「月と花とを……」[11]という古歌を口ずさみつつ、桜の方へ近づいてくる。

中将は、いますぐ、すすきの茂みから出ていって、侍女の前にすがたを現したいと思った。いま聞いた歌に対して、なにか気のきいた返事でもしたい、と思った。けれど、その気もちをおさえた。隠れたまま眺める。年上の女房[12]の声がする。

「ちょっと、季光《すえみつ》はどうしてまだ起きないのかしら？　そろそろ、出かける時間だっていうのに。あっ、弁の君[13]さんは、ここにいたのね。さ、行きましょう」

女房の言葉から推測すると、邸の人たちは、これから寺社へ詣でるらしい。もうすぐ出発するようだ。さっきの侍女は、理由があって[14]、みんなと出かけずに留守番をするらしい。

「私だけ行かないなんて、つまらない。私もお供をするだけはして、お社に近いところで待っているという案はどう？　お社にお参りしなければいいだけのことでしょ？近くまで行くだけなら、いいでしょ？」

「ぶつぶついっても、だめですよ。そういうわけには、いかないんだから」

参詣《さんけい》のしたくをした人が五、六人。それから、ひとりの女性が現れる。建物から出て階段を下りるのが、ずいぶん大変そうに見える。この人こそ、この家の主人である姫君にちがいない。

姫君は、外出のとき頭からかぶる衣を、まだかぶらずに自分の肩のあたりに掛けている。小柄で、すごくかわいい。しゃべりかたもかわいくて品がある。

中将は、いいところ見ちゃった、とうれしくなった。だんだんに夜が明けてきたの

9　単《ひとえ》と下襲《したがさね》との間に着る衣。（22ページの図参照）

10　通常の礼服。袿《うちぎ》より袖が短い。（22ページの図参照）

11　「あたら夜の月と花とを同じくは心知れらむ人に見せばや」（『後撰和歌集・春下』）という歌を思い起こさせる。『後撰和歌集』は二番目の勅撰和歌集。二十巻。平安前期、村上天皇の命による。完成年次は未詳。歌数は千四百二十六首。贈答歌が多く、詞書《ことばがき》が長いなど、歌物語的な趣向が見られる。

12　宮中や院中に仕え、部屋を与えられている女性。あるいは、貴人の家に仕える女性。

13　侍女の呼び名。

14　月経中と解釈される。月経のときは、穢《けが》れを忌む意味で寺社に詣でることはできなかった。

袙と小袿　上に着ている柄のある着物が小袿、
その内側に着ているのが袙

で、そのまま、そっと自宅へ帰った。

日が空高くのぼるころ、中将はようやく目が覚めた。

昨夜会った女に、手紙をしたためる。[15] もっと早く手紙を贈るべきなのに、眠ってしまったので、すっかり遅くなった。

「……そろそろ帰れば、とでもいうようなあなたの冷淡な態度に、どうしたらいいか、わからなかった。それで、まだ夜の深いうちに出てきてしまいました。つらかった……」などと、季節にぴったりの緑色の紙に書き、柳の枝に結びつける。

さらざりしいにしへよりも青柳のいとどぞ今朝は思ひみだるる[16]

15　女のところに泊まった次の朝、帰宅したら、男は相手に手紙を贈る風習だった。いわゆる後朝《きぬぎぬ》の手紙。男の側の感情や言い訳などが歌とともにしたためられた。

16　「いとど」に糸をかける。糸・乱るるは「青柳」の縁語。縁語とは、和歌の修辞の一つ。一首の中で、ある語に意味として関係をもつ語を使って詠む。

（あなたの態度がいまみたいに冷たくなかった以前よりも、冷たくされた今朝のほうが、いっそう恋しい気持ちがつのった。いとおしくて、心は乱れるのです。この柳の枝が、風に乱れるように……。）

そんな歌を詠んで、相手に贈った。女から届いた返歌も、なかなか上手だ。

かけざりしかたにぞはひし糸なれば解くと見し間にまたみだれつつ[17]

（そもそも気に掛けていない方向へ、たわむれに伸びてきた柳の糸みたいに、浮わついた心で私に思いを掛けてくれたんだとわかっています。打ちとけたかと思ったら、すぐにまた別の女性が気になりはじめて、心を乱しているのね。なんて浮気な人。）

そんなふうに書かれている。

なかなかうまいな、と女からの手紙を見ていると、友人たちがやって来る。源中将《げんちゅうじょう》と兵衛佐《ひょうえのすけ》[18]。遊びに使う小弓をお供の者に持たせて、現れた。

「ちょっと、昨日の夜どこにいたんだよ？　御所で音楽会があってさ、きみのこと探したけど、見つからなかった」

「え、ここにいたけど。変だな……」

中将はそう答えて、とぼける。庭の桜が散る。後から後から絶えまなく散っている。源中将が「桜は、見飽きるほど見ないうちに散ってしまうんだからな……」と口ずさむ。

その言葉を受けて、兵衛佐が「俺もすっかり衰えたな……若くないから、ついてけない」と続ける。

すると、二人の友人たちの言葉を受けて、中将は歌を詠む。


散る花を惜しみとめても君なくば誰にか見せむ宿の桜を[19]

17　かけ・這《は》ひ・解く・乱れは「糸」の縁語。
18　中将と同年輩の友人たち。源氏の近衛《このえ》中将（従四位下相当）と兵衛佐（正六位下相当）で、十代後半くらいの青年貴族と想像できる。

（散る花を惜しみ、散らないようにと引きとめても、もしあなたがいなくなったら、うちの桜を見せる相手もないいんだよ。）

気心の知れた三人は、ちょっとふざけたおしゃべりをしながら、一緒に出かけた。そうしているあいだも、中将は心の中で考えていた。できれば、今朝通りかかったあの桜の邸に、また行ってみたい。いま、どんな人が住んでいるのか、気になるのだ。


夕方、中将は、父の邸を訪れた。

暮れていく空には霞。

桜が散り、また散る夕映えの景色。

御簾《みす》を上げて、その風景をぼんやりと眺めている中将のすがたは、もう、まぶしいほど。桜の美しさだってかなわない。中将は、琵琶《びわ》を黄鐘調《おうしきじ》[20]の調子にして、ゆったり、すてきに奏でる。その手つき、そのすがたは、絶世の美女でも及ばないほど。

中将は、音楽に秀でた人たちを呼び集めて、いろいろな楽器を合奏させて、ひとときを楽しく過ごされた。

邸に勤務する従者・光季《みつすえ》という者が、ほれぼれするほどの中将のすがたを眺めて、こういう。

「なるほど、女たちがみんな、中将さまってすてき、と騒ぎたてるのもわかります。そういえば、琵琶っていうと、近衛《このえ》の御門《みかど》のあたりに琵琶が上手な女の人がいますよ。琵琶だけでなく、いろいろな芸にすぐれているらしくて……」

それをお聞きになった中将は、訊き返す。

「え、それはどこの家の話？　もしかして、あの、桜がたくさんある荒れた屋敷？　おまえ、なんであの家、知っているの？　どんなところなのか、聞かせてくれ」

「ちょっと用があって、行ったことがあるだけで……」

19　この歌は『風葉和歌集・春下』に収録されている。『風葉和歌集』は私撰和歌集。二十巻、現存十八巻。藤原為家の撰進かといわれる。文永八年（一二七一）成立。当時伝わっていた作り物語から秀歌千四百十八首を選び、分類配列。所収の物語の原本の多くは散逸している。

20　雅楽の調子の一つ。音楽は貴族の教養でとくに男性にとって琵琶の演奏が上手であることは重要だった。たとえば『枕草子』に「弾くものは琵琶。調べは風香調、黄鐘調……」とある。

「なに？　そこなら、自分も少し知ってるんだ。なんでもいいからさ、くわしく教えてくれよ」

　じつは光季は、その家の侍女、つまり中将がすすきの茂みから見かけた、あの邸に仕える少女、少納言の君と恋仲だった。

「あの家の姫君は、もう亡くなられた源中納言さまのお嬢さんでございます。すごくきれいな人だそうです。伯父上にあたる大将さまが、源中納言さま亡き後、お嬢さんを引き取って育てて、そのうち帝《みかど》のところに差し上げる予定だとか……」

「えっ、御所に？　そうならないうちに、なんとかしたい。姫君と会えるように、なんとか、うまくやってくれないか」

「はい……。できるだけ、やってみます。うまくいくかどうか、わかりませんけど……」

　その夜のこと。光季は、恋人である少納言の君に相談した。

　少納言の君は、邸の事情をこまごまと伝えた。

「姫君さまのことは、伯父の大将さまがいろいろと気をつけていらっしゃって、すごくうるさいんですよ。姫君のおばあさまもです。よそから届く手紙のことなんか、あれこれと注意されています。そんな状態だから、いくら私に頼まれても、中将さまの手引きをするなんて、無理ですよ……」

伯父の大将の邸では、姫君が帝のもとに入内《じゅだい》されるというめでたい話がもちあがっている。

光季からしつこく頼まれて、少納言の君はとうとう、断りきれなくなった。

「いまならチャンスがあるかも。いますぐはどう?」

少納言の君は、そう提案してしまった。でも、中将からの手紙は、姫君には取りつがなかった。この計画がばれないようにとの配慮をしたつもりだった。

光季は、中将のもとへ行き、こう報告する。

「ご案内するようにと、うまく伝えておきました。行かれるなら、今夜です」

中将はもう、うれしくてたまらない。夜がふけると、さっそく出かけた。人目につかないように、光季の牛車《ぎっしゃ》[21]で出かける。

少納言の君は邸の様子を確認した。そして人目につかないときを見計らって、中将を招き入れた。

牛車

中将はそっと忍びこんだ。

あかりは物陰に置いてある。邸の中はぼんやりとほの暗い。

母屋に、小柄な人が横たわっている。その人を、中将はさっと抱きかかえた。自分が乗ってきた牛車に連れこむ。そして、大急ぎで牛車を出発させた。

「だれ？　こんなことするのは！」

驚いているその人は、なんということか、姫君ではない。そのおばあさま。

この計画を、噂で事前に聞きつけた姫君の乳母《めのと》が、姫君のおばあさまに打ち明けたのだった。それを聞いて、心配になったおばあさまは、姫君の寝室で寝ていらしたのだ。

もともと小柄なおばあさまは、年をとって、尼になっていらした。剃髪《ていはつ》した頭が寒いので、着物をすっぽりとかぶって寝ていらした。それで、中将はすっかり、おばあ

21　牛に引かせる車。貴人の移動手段。牛の速度で移動。身分によって車の種類が異なる。位の高い貴族の牛車は、飾りたてられた豪奢なものだった。ここでは、身分を隠して目立たずに移動するために、従者の牛車を借りる。（30ページの図参照）

さまを姫君だと思いこんでしまったのだった。

やがて、牛車は中将の邸に到着する。

しゃがれた声で「こんなことするのは、どこのだれ！」

その後、どうなったことか。なんとも馬鹿げた話。

中将はたしかに好青年ではあったけれど[22]……。

「花を手折る人」を読むために

女の家から早々と出てきたのは月の明るさにだまされたから、とはじまる第一話の主人公は、いかにも風流な貴公子・中将だ。春の夜。輝く月に照らされて、満開の桜がぼんやりと白く浮かび上がる。ある邸を通りかかったとき、そういえば昔、ここにいた女と関係を結んだのだったな、と思い出す。あの人はどうしているだろう、とその場にたたずむ。思い出すのが少し遅いのではないか、通りかかってすぐ思い出せばいいのにと思わなくもないけれど、ともかく中将は思い出す。だが、いまでは、その女はもうここにはいない。別の人が住んでいる。この邸に仕えている少女たちもきれいだし、垣間見《かいまみ》た邸の主人らしい女もまたなんとも可憐で美しい。おとなしく帰宅したものの、中将はこの人

22　別の解釈として「姫君のおばあさまのご容貌はすてきだったけれど」という見方もある。

のことが気になってしかたない。

荒れ果てた邸に、思いがけない美女を発見するという趣向は、よく知られている例では、たとえば『源氏物語』の「夕顔」の巻に出てくる。源氏は、民家に隠れている夕顔という女に恋をして、そこに泊まることになる。薄い壁。聞こえてくるのは、近所の男たちの話し声、臼《うす》をひく音。忍び歩きがもたらす、貴族の日常にはない体験ということだろうか。すべてが贅沢に整った場所にだけ、恋心を起こすような相手がいるわけではない。こんなところに、という驚きと感激が、思いもよらない新たな関係をひらく。どうも、そういうことらしい。

さて、中将は父君の邸に呼ばれる。夕映えに照らされて、桜が散っている。物思いにふけってそれを眺める中将の美しさは、光り輝くばかり。桜の美もかなわないほど。琵琶を演奏すると、それを聴いた従者・光季が、琵琶の名手がいる邸のことを口にする。それがあの、中将がのぞき見た邸のことだとわかって、物語は展開を見せる。邸に仕える少女・少納言と光季が恋人どうしだというのだ。この関係が、物語を次の場へ引き出す。恋人たちが、自分たちの主人について、あれこれと噂をする。光季と少納言の協力なくしては、中将の恋はかなわないのだ。ところが、中将が想っている相手は、もうすぐ帝のもとに入内《じゅだい》する予定。早くしないと、と中将は焦る。思いはつのる。入内してしまったら、もっと遠ざかって、訪ねることはできなくなる。

中将は光季をせかす。主人にせかされた光季は少納言をせかす。恋人に強く頼まれて断りきれない少納言はとうとう、今夜なら、と案内を引き受けてしまう。そしてこの物語はどんでん返しの結末を迎える。牛車で出かけていき、こっそり、強引に連れ出した相手が、姫君ではなくそのおばあさんだったとは。たぶん、「こは誰ぞ、こは誰ぞ」という台詞など、ちょっとしわがれた感じの声で読めば、物語をともに楽しんだ人たちの輪に、笑いが湧き起こったことだろう。貴公子の面目、丸潰れだ。

月と桜。桜と音楽。美貌の中将。垣間見からはじまる恋心。絵空事のように出来すぎている舞台が、やがて笑いに転換される後半の速度には、いきいきとしたものが感じられる。相手の意のままに抵抗もできずに連れ出されるばかりではない女性の視点も感じられて、現実感のある弾力を感じる。

わりと短めの物語のなかに、置き去りにされているように見える部分もいくつかある。たとえば、物語の冒頭で、中将が出てくる家の女のこと。月が明るすぎたのでもう夜明けだと思って、と理由が書いてあるけれど、その家へ戻ろうかどうしようかと迷った中将は、結局戻らない。

後朝《きぬぎぬ》の手紙に、中将はしたためる。もう帰れば、というようなあなたの態度がつらかった、と。そして女からの返事には、男の気まぐれをなじる言葉が書かれている。浮気な人、と非難されるのだが、実際、帰途に垣間見た女に恋心を抱くのだから、女から届けられた言葉は的を射ている。この女は、この物語のなかで、中将を彩る役割りを与えられている。けれど、役割りとしてはそこに留まる。前半に登場するだけで、後半に響く部分を持たない。だからだろう、物語としては、その部分がちょっと気になる。もちろん、中将を取り巻く大切なエピソードの一つとして登場するのだけれど。

それから、少納言という人物も気になる。中将が荒れた邸をのぞき見たとき、それに気づかないまま、桜の方へ歩いてきた少女が少納言だ。月に照らされる顔を扇で隠しながら古歌を口ずさむ少女はいかにも美しい。邸の主人である女への期待感をもたせる存在でもあり、中将は心をひかれる。邸の人々が寺社へ参詣するのに、少納言は生理の穢れのために留守番をしなければならず、つまらない。一緒に行って近くで待っていればいいでしょうなどとわがままをいって、たしなめられる。なんとも臨場感のある描写ではないか。中将は、その様子もこっそりと見聞きする。

この少納言という少女が、じつは中将の従者である光季と恋仲だという設定。さらに、少納言の浅知恵によって中将の恋がとんでもない結末を迎えるという設定。美しく、かわいらしく、そしてそそっかしいところのある女の子。この物語のなかで、少納言は大切な役割を負っているので、登場する部分は限られていても、強く印象に残る人物だ。この少女の視点から物語を書き直したら、どんなものになるだろう。自分の主人のもとへ忍び入ろうとする男を案内することになってしまい、困惑する少納言。恋人である光季の頼みなので、うまく断れなかった。おばあさんが連れ出された後の邸で、どんな騒ぎが起きただろう。そのとき、少納言はどうしただろうか。

美を描き出す道具を揃えて、そこから一挙に笑いへともっていくこの物語には、おかしさを楽しむ余裕がある。定型的な美を批評する視点がある。それにしても、眠っていたらいきなり牛車に乗せられ、連れ去られ、知らない家へ運ばれたおばあさん、びっくりしただろうな。

ついでに語る物語

このつゐで

春の雨が降る[1]お昼ごろ。

中宮は、やまない雨をぼんやりと眺めていらっしゃる。台盤所《だいばんどころ》[2]にいた女房たちは、ふと香りに気づく。

「宰相の中将さまが、こちらへいらっしゃるようね。この香り、中将さまがいつもお使いになっている香りがしてくる。ほら」

そこへ宰相の中将が現れた。そして、中宮の御帳《みちょう》[3]の前にひざまずかれた。

「昨夜から、父の邸にいたのですけど、そのまま、こちらへお使いとして参りました。これ、東の建物にある紅梅の木の下に、前から埋めておかれた薫物《たきもの》[4]なんですけど……。ちょうど今日のような日に、お試しいただきたい薫物だから中宮さまにお届けするように、とのことです。どうぞ」

宰相の中将はこう挨拶した。

見事な紅梅の枝に、薫物を入れた銀の壺が二つ、結び付けられている。宰相の中将は、それを差し出した。

女房の一人である中納言の君が、受け取って、御帳台の内にいらっしゃる中宮に差し上げた。

いくつもの香炉が用意された。いただいた薫物、どんな香りだろう。若い女房たちが準備をする。

中宮は、その様子を、御帳からのぞくようにして、ごらんになる。そして、御帳を

1　『古今和歌集』恋三に「起きもせず寝もせで夜をあかしては春のものとてながめ暮らしつ」という歌がある。『古今和歌集』は一番目の勅撰和歌集。二十巻。醍醐天皇の命により、紀貫之、紀友則、凡河内躬恒《おおしこうちのみつね》、壬生忠岑《みぶのただみね》が撰進。成立年次は、延喜五年（九〇五）とする説と、延喜十三年（九一三）頃に完成したとする説がある。歌数は約千百首。この歌集は、部立・歌の配列・歌題・表現法などさまざまな点において、後の勅撰和歌集の規範となった。紀貫之による「仮名序」は、日本語文学の最初の文学評論といってよく、後世の歌論に大きな影響を与えるものとなった。

2　食物を盛った台盤という器をのせる台を置く部屋。女房が控えている。

3　貴人がいる場所の帳《とばり》。（42ページの図参照）

4　いろいろな種類の香を練り合わせ、香りをよくするため土中に埋めて作られた香のこと。

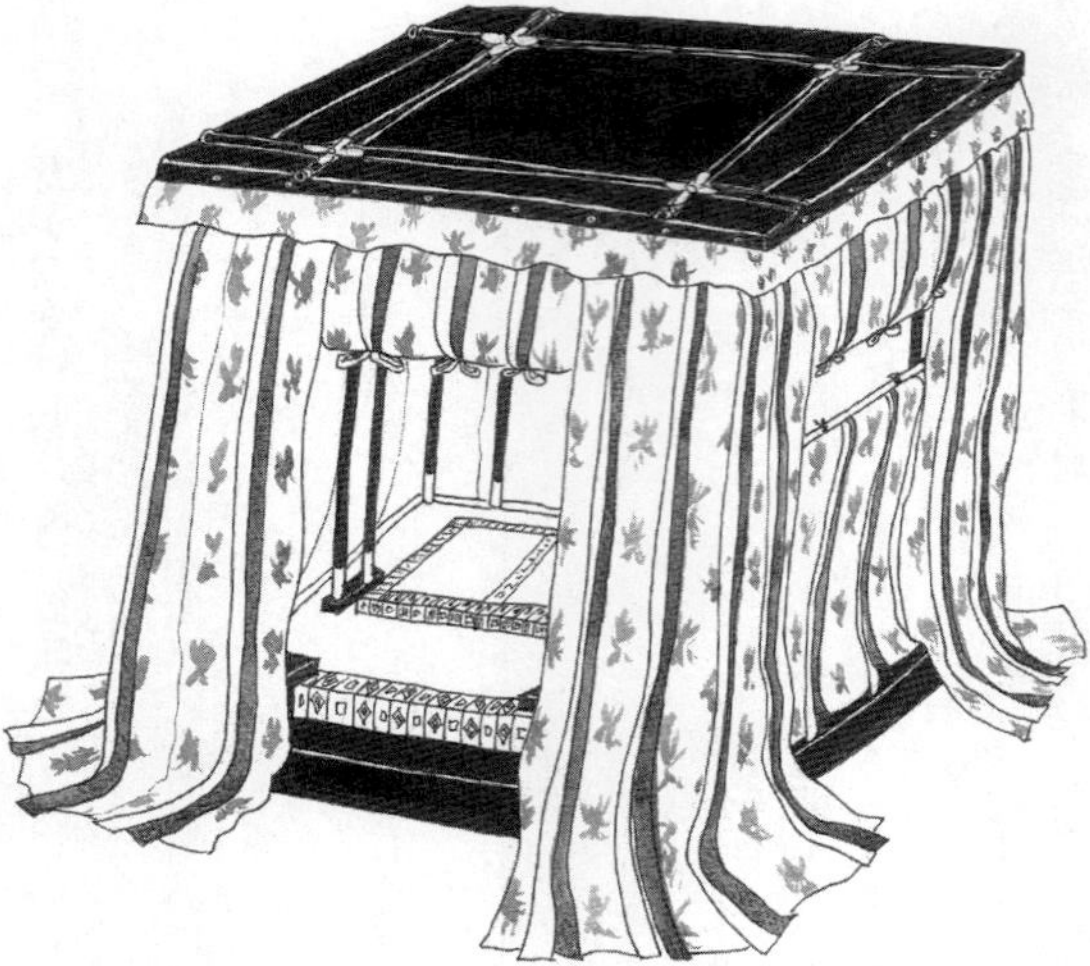

御帳

出てかたわらの御座に横たわる。それから中宮はくつろいで、その香りを楽しまれる。中宮がお召しになっているのは、紅梅の織物の着物。[5] その上に、みごとな御髪《おぐし》のすそが、わずかに見えている。

二、三人の女房たちがひそひそと、おしゃべりをしている。とりとめのない物語だ。宰相の中将も、用が済んでもすぐには出ていかず、部屋にとどまり、その輪に加わっている。

「この、火取《ひと》りの香炉から思い浮かぶのは、ある人から聞いたなんともせつない話です」

と、宰相の中将はおっしゃる。

いくらか年長の宰相の君という女房が、こう応じた。

「どんなお話でしょうか？　中宮様も退屈されていると思います。つまらないときには物語です。ぜひ、聞かせくださいよ」

「ええ、そうですね。私がお話ししたら、続いて、どなたか、なにかお話しくださる

5　縦糸は紫、横糸は紅で織られた織物の着物。春に着る。

でしょうか。それなら……」

宰相の中将は、語り始めた。

「ある姫君のもとに、こっそり通う男がおりました。その女との間に、かわいい子どもまで生まれました。男は、相手のことを大切だと思ってはいたんですけど、本妻の目が厳しかったのか、だんだん、女のところへはあまり行かなくなりました。でも、子どもは父のことを忘れず、なついているんです。男にはそれがかわいくて、ときおり自分の家へ連れて行ったりしました。女のほうは、子どもを連れて行くのはやめてほしいなんていって止めたりすることもなく、[6]黙っていました。

ある日のことです。ずいぶん久しぶりに会いに行くと、子どもは寂しそうでした。父のことを、なにか珍しいもののように見[7]るんです。男は、しばらく子どもの頭をなでて、かわいがったり、いっしょに遊んだりしていました。けれど、その家でゆっくりしてはいられない用があったので、慌しく立ち上がりました。すると、子どものほうは、父の家へまた一緒に連れて行ってもらえるんだと思って、男の後をついてくるんです。

男は、なんだかかわいそうになりました。そこで、しばらく立ち止まって、じゃあ一緒に行こうか、と子どもを抱えて連れて行こうとしました。それを見ていた女は、つらそうに見送って、そばにあった火取り香炉を手でいじりながら、こう口ずさんだのです。

子だにかくあくがれ出でば薫物のひとりやいとど思ひこがれむ[8]

（あなたばかりか、子どもまで、後を追ってここから出て行くなら、火取り香炉は取り残されて、たったひとり、どうしようもなく思いこがれることでしょう。）

男は、はっとしました。屏風《びょうぶ》の後ろで聞いていたのです。

6　別の解釈として「子どもが、お母さんのところに帰る、などともいわずにいて」という見方もある。
7　別の解釈として「父が子のことを、久しぶりだな、と思って眺める」という見方もある。
8　子に籠《こ》、火取りに一人をかける。思ひの「ひ」は火、こがるは焦がるにかかり、薫物の縁語。

感動して、よそへ行く予定を変えて、そのまま、その家に泊まりました。女のほうもどんなに感激したことか。[9]ある人物から、この話を聞いたとき、私は、その二人の仲はいっそう深まったでしょうね、といったんですけど……。この二人がだれなのか、とうとう教えてもらえませんでしたよ。話してくれた人は、まあ、いいじゃないかと笑って、あいまいなままで終わってね。

　せつない話といったのは、まあ、こんな話ですよ。さあ、次は、どなたがお話しくださる番かな。中納言の君？」

「火取りの香炉からの連想で、ひとり、取り残されて孤独に過ごす人の話とはね。なんだか、ずいぶんなお話を中宮さまにお聞かせしましたね。じゃあ、私は、わりと最近のことをお話ししましょうか。

　さて、去年の秋のことです。清水寺に籠《こも》っていたとき[10]の出来事なんですけどね。私たちの部屋のとなりに、ごく簡単に、屏風だけで仕切った部屋がありました。そこから、よい薫物の香りが漂ってきました。見なくても、気配で、その部屋にいる人が少ないことや、ときどき泣いている様子など、伝わってきました。それで、となりにいるのはいったいどこのどなただろうと、気になって、耳を澄ましていました。

そうこうしているうちに、私のほうはおこもりの期間が終わって、もう明日は帰るという日になったんです。その夕方のことです。おもてでは風がびゅうびゅう吹いて、木の葉がはらはら、滝の方へ散っていました。赤くなった紅葉の葉っぱが、部屋の前を埋めつくしています。私は、紅葉の散る様子を眺めていました。

するとそのときです。となりの部屋から、小さな声で、こう口ずさむのが聞こえてくるのです。

いとふ身はつれなきものを憂《う》きことをあらしに散れる木の葉なりけり

（この世から離れたいと願っている我が身は、散らないのに。心配事も哀しみもなさそうな木の葉は、嵐になれば散ることができて。そんな葉っぱが、ここにあるよ。）

9　中将の君に語った人物が「ある男女のことを、第三者の立場から見て語った」という解釈と、じつは宰相の中将が「自分自身とある女性との出来事を語った」という見方がある。

10　参籠《さんろう》。一定期間、神社や仏閣にこもって祈願すること。おこもり。

となりの部屋の人は「風の前なる」という歌の一句らしきものもつぶやきました。ほとんど聞こえないほどの、かすかな声で。私は、すっかりしみじみとしてしまいました。すぐになにか返歌をしたほうがよいかと迷ったんですが……、ためらいました。それで、なんにもいわないで黙っていたんです」

宰相の中将が応じる。

「あなたのことですから、まさか、そのまま黙っていたとは思えないんだけど。本当に黙っていたのなら、そんな遠慮は必要なかったんじゃないかな。さあ、それじゃ、次にお話しくださるのはどなた？　少将の君、あなたの番だな」

「私は、もう、ぜんぜんお話しなんてできないですけど。でも、ああ、そういえば、こんなことがありましたよ。

私の祖母が[11]、東山のそばの庵《いおり》にいて、お経を唱えていたときのことなんです。私も同行していました。その庵の主人は、ある尼君です。そちらの部屋のほうに、かなりの身分の方々が何人も集まっておられるようなのです。身分を隠して、こっそりといらしているようでした。伝わってくる気配からも、上品さが感じられるので、どなただろうと思ったんです。様子をうかがいたくなってしまい、障子の紙にちょっと穴を開けて、のぞいてみました。

するとそこにいらしたのは……。美しい姫君です。簾《すだれ》の内に几帳《きちょう》[12]を立てて、見目よい法師を数人、はべらせていらっしゃいました。姫君は、几帳の脇に横になっていらっしゃいます。法師を近くへ呼び寄せると、何か伝えていました。もちろん、よく聞こえませんでしたけれど、どうやら、尼になる相談をされているようでした。

法師は、姫君の決意をすぐには受け入れず、ためらっていました。でも、姫君の決意は固いようでした。そのうちに、とうとう、それほどおっしゃるのなら、と法師のほうも承知したようでした。それで、髪をおろしてさしあげたんです。

切り落とされた御髪が、櫛笥《くしげ》[13]の蓋《ふた》に入れられて、几帳のすきまから、すっと押し出されました。身の丈よりも一尺ほども長く見える、毛筋も裾の部分も、すごく美しい

11 叔母という解釈もある。

12 部屋を仕切る道具。部屋の中に立てて使う。木でできた二本の柱に横木をわたし、そこに布を掛けたもの。当然、気密性は低い。（50ページの図参照）

13 櫛などの化粧道具を入れる箱。蓋のある手箱のようなもの。（52ページの図参照）

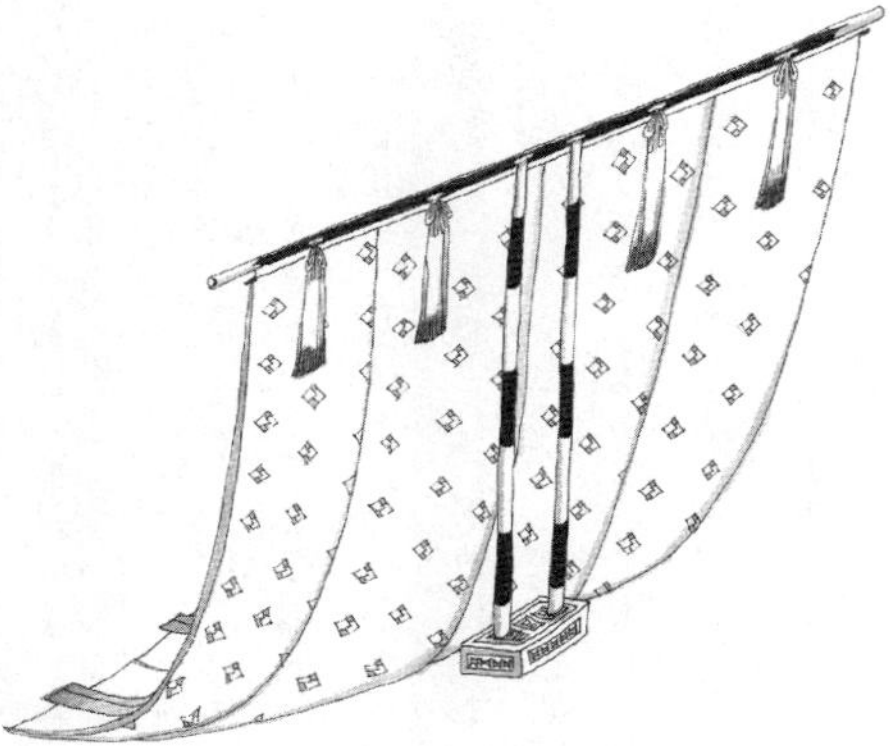

几帳

御髪。それが、くるりとゆるやかに巻かれて、蓋に入れられていました。[14]

すぐそばに、その姫君よりも若い、十四、五歳くらいに見える女性がいました。その髪は、身の丈よりも四、五寸ほど長くて、薄紫の美しい着物をお召しでした。そのかたも、袖に顔を隠して泣いているのです。どうやら、妹さんのようでした。侍女も数人、薄紫の裳《も》をつけて座っていましたけれど、みんな涙を抑えきれず、泣いています。こんな場合に、世話をしてくれる、頼りになる年輩の乳母《めのと》みたいな立場の人[15]はいないのかしらと思ったんですけど、いないようです。若い人たちばかりで、なんとも心ぼそい様子でした。私はもう、すっかり心を打たれて、扇の端に小さくこう書きつけました。

14　このあたりは『源氏物語』の「手習《てならい》」を思い起こさせる場面。浮舟が横川《よかわ》の僧都《そうず》の手によって出家する場面を思わせる。

15　身分が高い人には、身のまわりの世話をしてくれる、年上でさまざまな経験のある乳母のような立場の人が後見人として仕えているのが通例。おそらく、そうした人もいないほど零落し、困窮しているのだろう、と解釈される。

櫛笥

おぼつかなうき世そむくは誰とだに知らずながらもぬるる袖かな

（どんな事情がおありなのか、気になりますけれど、憂き世に背を向けて出家なさるとは、あなたがどこのどなたか知らなくても、こちらも思わず泣けてきます。）

そう書いて、そばにいた侍女に託して届けました。

すると、まもなく、妹さんらしい人が書いたと見える返事を、侍女が持って来ました。その返事の書き方がすごくよくて、美しいんです。私は、うっかり下手な歌なんてお贈りしなければよかったと、後悔しちゃいましたよ」。

そんなふうに、三人の物語が続いていった、そのとき。にわかに、先払いの声が聞こえてきた。帝がこちらへいらっしゃる合図の声。[16]あた

16　帝がなかなか自分のもとを訪れないので、愛情が薄れたのかと中宮は沈んでいた。ここで聞かされる物語も、いっそう暗くなるような内容ばかり。そこに帝の訪問を知らせる合図の声が聞こえてくる。このように突然、はっと喜びの場面に切り替わって、物語が閉じられている。

りは急に慌しくなる。久しぶりに帝がお出でになるのだ。

女房たちはさっと散って、片づけをしたり、帝をお迎えするしたくを始めたりする。いままで物語を語っていた少将の君も、その慌しさに紛れて、あっというまにどこかへ行ってしまった。

このところ、なかなか中宮のところへいらっしゃらなかった帝が、もうすぐ、お出でになる。

「ついでに語る物語」を読むために

春の雨が降っているのをぼんやりと眺めて、もの思いにふける中宮。女房たちが、ある香りに気づく。もうすぐここへ来るのは宰相の中将さまだ、と近づいてくる香りによって知るのだ。第二話のはじまりは、香りをめぐって展開される。宰相の中将は、中宮の兄弟らしい。父からの贈り物を届けに来る。それは薫物《たきもの》で、銀の壺におさめられ、紅梅の枝に結びつけられている。女房たちが、火取り香炉を用意して、すぐに香りを試す。物語のなかから、よい香りが立ちのぼるようだ。香りを楽しみながら、くつろぐひととき。

宰相の中将が、火取り香炉からの連想である話を思い出した、と口にする。ここから、三人の人物が順々に物語を聞かせることになる。宰相の中将が語る物語は、女のしみじみとした歌によって心動かされる男の姿を浮かび上がらせる。

久しぶりに訪れた男が子どもを連れていこうとするのを見た女が、思わず口ずさんだ歌。「子だにかくあくがれ出でば薫物のひとりやいとど思ひこがれむ」。子どもさえも出ていってしまうなら、自分は一人残されて、思い焦がれることになるでしょう。子と籠、火取りと一人。これらは掛詞《かけことば》だ。そして、籠、火取り、火（思ひ）、こがる。これらは薫物の縁語となっている。関係のある言葉、連想を呼ぶ言葉がうまく結びつけられて、機知のある歌にまとまっている。現代の読者がこの歌を目にするとき、ここに含まれる言葉の遊びをさっと理解できるわけではないにしても、一語一語の関係を知れば、なるほど、とうなずける。

男は、屏風の後ろにいて、この歌を耳にする。そしてすっかり感動して女に子どもを返し、自分もその家に滞在することとなる。歌によって相手の心をつかむ物語としてよく知られているのは『伊勢物語』二十三段・筒井筒《つついづつ》の物語。歌の贈答がとても重要だった当時の人々にとって、歌の力を描いた物語がいかに好まれたか、想像できる。宰相の中将はこれらの人物がだれなのか明かすことなく、中納言の君という女房に、物語を聞かせるようにと求める。二番目の語り手は中納言の君。そして、三番目は少将の君という女房だ。つまり、中宮の前で、三人の語り手たちがそれぞれの物語を聞かせる。

中納言の君は、うながされて、昨年の出来事を語る。秋、清水寺に籠ったとき、部屋の仕切りの屛風を隔てて、忍び泣く声が聞こえてきた。赤く色づいた紅葉が、部屋の前にいっぱい散っている様子。声の主が口にした「憂きことをあらしに散れる木の葉なりけり」という歌は、この世に生きるはかなさを表わし、それが紅葉の景色と重なって、哀しさ、寂しさを、あざやかに切り取る。

結局、この声の主がだれなのか、中納言の君は知ることはなかった。だから、物語の場に集う人物たちも、またこの物語を読む読者も、その人がどんな人なのか、知ることはない。秋の風景と声ばかりが描き出す世界に、ぐっと引きこまれたところで、中納言の君の話は終わる。その歌に対してなにも応えなかったなんて、あなたがそんな遠慮をするとは思えないんだけど、という宰相の中将による感想は、どっぷりと沈みこむようなこの物語を少しだけ軽くする。そこで読者は、はっと我に返り、物語が物語られる場へ立ち戻るのだ。

さて、三番目の語り手、少将の君の物語は東山へ行ったときに遭遇した出来事。身分の高い、若い女性が、黒髪を切って尼になる。もちろん、気配や声だけでそれを知るのだ。周りの人々が泣く声も聞こえて、まだ若いのにいったいどんな事情があるのだろう、と少将の君は思う。乳母らしい人もいない、つまり、面倒を見てくれる大人もいないようなのだ。そうした境遇に陥ったのだろう。

少将の君は心を動かされ、扇の端に歌を書いて、尼になる人の妹らしい人物に届けさせる。どんな巡り合わせによるものか、こうして人生の大きな節目となる場面に行き会い、じっとしていられなくなったのだ。少将の君の気持ちも、伝わってくる。ところが、妹らしい人から届けられた返事が、思いがけないほどにすぐれたものだったので、少将の君は恥ずかしくなる。余計なことをしてしまった。そんなふうに思う。

これはもちろん、物語の場に集う人々へ向けた、ある意味では謙遜の気持ちを含めた言葉かもしれない。あるいは、それほど立派な人たちだった、と強調するための言葉かもしれない。この物語のなかで、とくに印象的なのは、切り取られた髪の描写だ。櫛の箱の蓋に、背丈よりも長くてとても美しい髪が、たわめられて納められる。伸ばしつづけた長い黒髪を切って尼になることが、いかに大きな決断なのか、この髪の描写だけでも伝わってくる。

三人の語り手たちが中宮の前で聞かせる物語は、いずれも人生の試練や寂しさを、しみじみと伝えるものだ。別の言葉で表わすなら、思うようにならないことはたくさんある、と暗に伝える内容だといっていいかもしれない。思うようにならないこと。中宮にとってそれは、帝があまり自分のもとを訪ねて来ない、という現状だ。火取り香炉は、火取りという言葉から一人を連想させる。秋の景色と散る木の葉に託された歌は、寄る辺ない身を描き出す。出家する人とその周囲の涙は、人生の区切りと新たな出発を示す。なんとなく、だんだん気が重くなっていく方向へ、語り手たちの物語は踏みこんでいくのだ。

ところが、最後の展開の早業はどうだろう。少将の君が自分の物語を終わろうとするその場面に重ねて、突然、帝の訪問が告げられる。あたりは、にわかに慌しくなり、帝を迎える準備がはじまる。暗い気分に満たされた場がいっぺんに明るくなり、にぎやかになるのだ。聞き手を、あるいは読者を、重苦しい物語から浮上させる気づかいを、この物語はどうして持っているのだろうか。

聞き手あるいは読者を、置き去りにしない配慮が、必ずしも必要だとは思わないけれど、この物語ではそこに仕掛けと魅力があるといえる。

物語が順々に連なるかたちは「巡り物語」と呼ばれている。一つ一つの短い物語は、読者のなかで、めぐりめぐっていくたびに、新たな面を見せるだろう。さまざまな味の物語が楽しめるこの作品。それらが最終的には、混ざるような、混ざらないような配置になっている点に、なんともいえない面白味がある。物語が語られる場。その臨場感が、繰り返す波のように感じられる。

あたしは虫が好き

虫めづる姫君

きれいな蝶《ちょう》などを好む姫君のすぐとなりの邸《やしき》に、按察使《あぜち》[1]の大納言[2]の娘である姫君が暮らしている。この人は、両親に大切に育てられているお姫さまなのだけれど、おっしゃることが変わっている。

「世間ではよく、蝶よ花よ、なんていって、はかないものをもてはやすけれど、そんなのは考えが浅いよね。ばかばかしくて、おかしいよ。だって、人間っていうものは、誠実な心を持って物事の本質を追究してこそ、すぐれているといえるんだから」

そんなことをいって、ちょっとこわいような虫をいろいろと採集しては、脱皮したり羽化したりするところを観察しようと、そばの者に、虫籠へ入れさせる。

なかでも、毛虫がお気に入り。

「毛虫って、考え深そうな感じがして、いいよね」

そういって、朝に晩に、額へ伸びた髪をじゃまにならないように耳に掛けて、毛虫を手のひらに這《は》わせる。毛虫たちをかわいがって、じいっと、ごらんになる。

姫君のそんな様子に、お仕えしている若い侍女たちは、恐れおののく。気味が悪くて、どうしたらよいか、わからないのだ。

そこで、姫君は、虫などちっともこわがらない身分の低い男の子たちを呼び寄せる。そして、箱に入れた虫を取り出させたり、虫の名を訊《たず》ねたり、新しい虫には名をつけたりして、楽しんでいらっしゃる。

「人間っていうものは、取りつくろうところがあるのは、よくないよ。自然のままなのがいいんだよ」

この姫君は、そういう考えの持ち主なのだ。

世間では、眉毛を抜いてからその上に眉墨《まゆずみ》で描くという化粧が一般的なのだけれど、そんなことはしない。歯を黒く染めるお歯黒も、おとなの女性ならする習慣なのに、めんどうだし汚い、といって、つけようとしない。白い歯を見せて笑いながら、いつでも虫たちをかわいがっている。

1　地方行政を監督・視察する高位の官職。
2　太政官の次官。大臣に次いで政治に参与。

侍女たちが、がまんできなくなり、こわがって逃げ出せば、そのたびにあたりは大騒ぎ。すると、姫君はいう。

「いやあね、騒ぐのはやめてよ」

黒々とした毛深い眉を侍女たちの方に向けて、にらみつける。みんな、さらにうろたえて、取り乱す。

両親は、まったくうちの娘は変わっている、と思っている。とはいえ、そういう言動もなにか考えがあってのことなのだろう。娘のためを思っていろいろと助言しても、それに対して、深く考えたような返事をするものだから、なんとも近寄りにくい。そんなふうに眺めている。自分たちの娘ではあるけれど、どう対応したらよいのだか、わからない。たとえば、両親は姫君に向かってこういう。

「理屈では、なるほど、あなたのいうことが正しいのかもしれない。でも、外聞がよくないでしょう? 世間では、やっぱり、見た目がきれいなものが好かれるんだから。あの子は気味の悪い毛虫なんかかわいがって遊んでいる、なんて外に知れたら、みっともないんですよ」

こうして両親にさとされても、聞こうとはしない。

「世間で、どういわれようと、あたしは気にしない。すべての物事の本当のすがたを、深く追い求めて、どうなるのか、どうなっているのか、しっかり見なくちゃ。それでこそ因果関係もわかるし、意義があるんだから。こんなこと、初歩的な理屈だよ。毛虫は、蝶になるんだから」

そういって、実際に毛虫が羽化して蝶になるところを見せる。

「絹だって、みんな深く考えないで着物にして着ているのかもしれないけれど、あれは、繭《まゆ》をつくった蚕《かいこ》が、繭のなかでまだ羽もはやさずにいるうちに、糸を採るんだからね。世間では、見た目のきれいな蝶を好むっていうけれど、よく観察してみれば、羽がはえたらおしまいだってことが、わかるでしょうよ」

そんなふうにいわれては、両親も返す言葉がなく、あきれはてるばかりだ。

とはいえ、この姫君は、お姫さまとしての作法をまったく守らないわけでもないのだ。たとえば、両親と直接、顔をつきあわせて対話することは避ける。鬼と女は人前に出ないほうがいいんだよ、といって、自分なりの思慮をはたらかせている。母屋《もや》の簾《すだれ》を少し巻き上げ、几帳《きちょう》をぐいと押し出して、簾際《すだれぎわ》まで行って、あれこれと理屈をのべるのだった。

姫君の考え方や理屈を聞いて、そばに仕える若い侍女たちは、ぶつぶつ文句を口にする。

「うちのお姫さま、毛虫なんてかわいがって、理屈をつけて得意そうになっていらっしゃるけれど、こっちはもう、気がおかしくなりそう」

「どういう人が、毛虫なんかじゃなくて世間なみに蝶などが好きなお姫さまにお仕えしているんでしょう。そんな人がうらやましいよね」

兵衛《ひょうえ》という侍女がこう詠む。

いかでわれとかむかたなきしかならばかは虫ながらみるわざはせじ

（なんとか、わたしも、姫君に理屈で対抗せずにここから出ていきたいものだ。もう毛虫といっしょにお仕えするのはいや。）

小大輔《こだいふ》という侍女は笑っていう。

うらやまし花や蝶やといふめれどかは虫くさき世をもみるかな

（うらやましいんですよね。よそのお邸では、蝶よ花よと楽しく暮らしているような のに、わたしたちは、こんな毛虫だらけの毎日を送っているんですから。）

「まったく、ひどいよね。うちのお姫さまの眉毛。抜かないし、お化粧しないから、毛虫みたいじゃない？」

「歯ぐきだって、まるで毛虫の皮がむけたみたいだよね」

侍女たちは口々に、いいたいほうだい。さらに、左近《さこん》という侍女がこう詠む。

冬くれば衣たのもし寒くともかは虫おほく見ゆるあたりは

（冬になっても、このお邸では着物の心配はないよね。どんなに寒くても、毛むくじゃらの毛虫がいっぱい、いるんだから。）

そんなに毛虫が好きなら、いっそのこと着物なんて着ないでいればいいのに。毛むくじゃらの毛虫と一緒にいれば、毛虫の毛で寒くないだろうから。みんなが陰口をたたくのを、年輩の侍女が耳にして、たしなめる。

「若いみなさん、なにをごちゃごちゃいってるのですか？　蝶をかわいがるおとなりのお邸の人のことなんて、それだからってすばらしいとは、思いませんけどね。蝶ばかり愛《め》でるのは、理屈に合わないですよ。とはいっても、毛虫を並べて、それを蝶と同じだっていう人なんて、いるでしょうか？　いませんよ。いったい、うちのお姫さまがなにをおっしゃりたいのかというと、つまり、こういうこと。毛虫は脱皮して、羽化して、やがては蝶になるということなんです。物事が移り変わっていく過程そのものに、ご関心をお持ちなんです。うちのお姫さまは、探究心をお持ちなのですよ。それこそ、考え深いというものです。蝶は、捕まえれば手に鱗粉がついて気持ち悪いし、だいいち、捕まえると病気になるっていいますからね。ああ、いやだいやだ」

年輩の侍女がそういって姫君の味方をするので、若い侍女たちは、ますます反感を抱いて、陰口を重ねる。

男の子たちは、虫を捕まえて持参すれば、姫君からごほうびとして、おもしろいものや、あれこれ欲しいものをいただけるのだった。だから、いろいろ、こわそうな虫を採集してきては姫君に差し上げる。

毛虫について、姫君はこういう。

「毛虫は、毛がいっぱいはえているのはおもしろいけれど、でも、詩歌や故事との関係がないっていう点が、ちょっと物足りないんだよね」[3]

かまきりや、かたつむりを集める。そして、それらをめぐる詩歌を、男の子たちに大声で詠《うた》わせる。聞いているうちに、姫君みずからも声を張り上げ、詠いはじめる。

「かたつむりの、つのの、あらそうや、なぞ」[4] などと詠うのだった。

身近に雑用係として置く男の子たちの呼び名も、一般的なものではつまらないと考え、虫にちなんだ名をつける。けらお、ひきまろ、いなかたち、いなごまろ、あまびこ。[5] 姫君はそんな名を男の子たちにつけて、召し使っている。

こうした様子が世間に知れて、人々はこの姫君についてひどいうわさをするのだった。

3　毛虫の数そのものが多くはないことが物足りない、という見方もある。

ある上達部《かんだちめ》[6]の御曹子も、姫君の風変わりな評判を耳にしていた。この人は、いつも元気いっぱいで、勇敢で、魅力のある男だ。姫君がいくら毛虫好きだといっても、これならこわがるだろう。そう考え、質のよい帯の端を使って、蛇にそっくりなものを作る。動く仕掛けまでして、鱗の模様の袋に入れると、そこに手紙を結びつけて、姫君に贈る。姫君に仕える侍女の一人が、手紙を読むと、こう書いてある。

はふはふも君があたりにしたがはむ長き心の限りなき身は

(這いながら、這いずりながら、あなたのそばにぴったりとつき従いましょう。長く変わらない心を持つ、この私は。)

侍女は、袋と手紙を姫君のもとに運んだ。

「こんな袋にしては、開けようとしても変に重たいんですよ。なんでしょう?」

開けてみる。すると、なんと、蛇が出てきた! 蛇がにょろりと鎌首をもたげているではないか。侍女たちは、びっくりして、大声を上げて騒ぎ出した。

けれど、姫君は少しも慌てない。なむあみだぶつ。なむあみだぶつ。念仏を唱える。

「これは、もしかすると前世の親かもしれないよ。騒がないでよ」

そういって、侍女たちをたしなめる。けれど、さすがに声はふるえる。顔をそむけながらいう。

「きれいなすがたのあいだだけ大事にして、蛇になるとこわがるなんて、よくない考

4　『和漢朗詠集《わかんろうえいしゅう》』下の白楽天の詩の一節。「蝸牛角上ニ争フハ何事ゾ石火光中ニ此ノ身ヲ寄ス」。『和漢朗詠集』は詩歌集。二巻。藤原公任の撰による。寛仁二年（一〇一八）成立か。朗詠に適した詩文の秀句と秀歌を選んで、朗詠題を立てて配列する。収録数は漢詩文五百八十八首、和歌二百十六首。成立当時から宮廷貴族に歓迎され、後の文学に大きな影響を与えた。また、たとえば『梁塵秘抄《りょうじんひしょう》』には「舞へ舞へかたつぶり……」という歌謡がある。『梁塵秘抄』は、歌謡集。二十巻、現存四巻。後白河院の撰による。治承三年（一一七九）に完成か。平安後期に流行した今様約五百五十首を、神歌・法文歌・古柳などに分類集成する。庶民の暮らしの哀歓を表わした歌詞が多く、和歌には見られない興趣がある。

5　それぞれ、オケラ、ヒキガエル、稲蜻蛉《いなかたち》もしくは蛇、イナゴ、ヤスデにちなむ名と考えられる。

6　上流貴族、公卿。太政大臣・左大臣・右大臣・大納言・中納言・参議および三位以上の者。

え方だよ」

小さな声でそうつぶやく。そうして、蛇を自分の方へ引き寄せる。とはいえ、やっぱり、こわいのだ。姫君は立ったり座ったりして、まったく落ち着かない。蛇を前にして、蝶のようにひらひらと慌てたり、蟬《せみ》みたいな声を上げたりした。あまりにおかしな様子。侍女たちはその場から逃げ出すと、姫君のことを笑った。そして、このことを姫君の父君にお知らせした。

「まったく、あきれるよ。ひどいな。蛇がいるのに、姫を置いて逃げ出したのか？だめじゃないか！」

父君は刀を持って、姫君のもとへ駆けつけた。

よく見れば、その蛇は、本物そっくりの作り物。手に取ってみる。

「なんだ、ずいぶんよく出来ているな。うまいことを考える人もいるものだな」

そういって、感心する。

「これを贈ってきた人は、きっと、あなたが利口ぶって虫なんかかわいがっていることを耳にして、こんないたずらをしたんだろうよ。返事を書いて、はやく送ってしまいなさい」

そういうと、父君は自分の部屋へ戻っていった。侍女たちは、蛇が作り物だったと聞くと、腹を立てた。そして贈り主を憎らしく思うのだった。

「いやなことをする人ね」

「でも、返事をしないと、また変なうわさが立ったり、なにか起こったりするといけないですから」

そう語り合い、姫君に返事を書くようにすすめた。

姫君は、ごわごわした丈夫な紙、つまり、あまりすてきだとはいえない紙に返事を書いた。ひらがなは、まだ覚えていないので、カタカナでこんな歌を書く。

チギリアラバヨキゴクラクニユキアハンマツハレニクシムシノスガタハ
（ご縁があったら、極楽でお会いしましょうよ。そんなふうに長々とした蛇のすがたでは、おそばにいられない気がしますから。）

上達部の御曹子である右馬佐《うまのすけ》は、この返事をごらんになって、すごく変わっている手紙だな、と思った。紙も文字も内容も、変わっている。それで、どうにかしてこの姫君を見たい、と興味を抱いた。

友人の中将と相談して、ばれないように身分の低い女のすがたに女装して、姫君の父君である大納言[7]が外出したすきを見て、その邸を訪れた。

姫君が住んでいる部屋のそばに隠れて、そっと様子をうかがうことにする。庭木のあいだを、男の子たちが歩いている。

「この木、あっちにもこっちにも、うようよ這っているよ。すごいや！」

男の子は簾を上げて、姫君に報告する。

「ごらんください。すごい毛虫です。いっぱいです」

姫君は、はきはきした声でおっしゃる。

「わあ、すごい！　こっちへ持ってきてよ」

「採るよりも、こっちへいらして、ごらんになったほうがいいですよ。すごい眺めですから」

男の子がそうすすめると、姫君はどしどしと荒っぽい足取りで、奥から出ていらした。

簾を押し、身をのり出して、毛虫のいる枝をごらんになる。着物は、頭の方へかぶるような、おかしな着方をしている。髪は、額髪《ひたいがみ》のあたりは美しいけれど、手入れをしていないのか、ばさばさだ。眉毛は、抜いていないので黒々としている。くっきりと、涼しい感じもする。口もとは、かわいらしくて、きれいだ。でも、お歯黒をつけていないので、女の口としては、どうも見慣れない印象。化粧をしたら、あの人はきっときれいだよ。なんで化粧をしないいんだろう。いやだな。右馬佐《うまのすけ》は、そう思う。

姫君は、こんなにみっともない格好をしているけれど、醜いというのとはちがう。どこか鮮やかな印象なのだ。気品もあり、すっきりとした感じの魅力をそなえている。もうちょっと、なんとかならないのか、と右馬佐は思う。着ているものは、若い女らしくはない薄黄色。その上に、こおろぎの模様がついた着物を重ねている。さらに、若い女なら赤い袴《はかま》をつけるものなのに、男のように白い袴をはいている。

7 近衛府《このえふ》の次官。左右に分かれ、正と権がある。(近衛府とは六衛府の一つで、皇居の守護、行幸《みゆき》のお供やその行列についてつかさどる役所。左近衛府、右近衛府に分かれ、それぞれ、大将・中将・少将・将監《しょうげん》・将曹《しょうそう》などの職員がいた)。

姫君は、木についている毛虫をよく見ようと、身をのり出す。

「わあ、いいね。太陽に照りつけられるのが暑くて、いやだから、こっちへ出てくるんだよ。一匹も落とさないように、こっちへ追い立ててよ。ちょっと、そこの子」

そういわれた男の子が、毛虫を木から落とす。ばらばら、落ちる。姫君は白い扇を差し出す。墨で黒々と、漢字の練習をしてある扇だ。

「この上に、毛虫を拾ってよ」

姫君がおっしゃると、男の子はいわれた通りに毛虫を拾って、扇の上にのせる。

隠れて見ていた右馬佐や中将は、すっかりあきれた。才のあるすぐれたお宅に、ずいぶん変わった姫君が生まれたものだ、と思った。右馬佐は、この姫君に関心を抱いた。これはたいへんな人だな、と思った。

右馬佐と中将がいることに、男の子が気づいて、侍女たちに知らせる。

「あのあたりに、すてきな男の人たちがいます。すてきだけれど、女のような、変な格好をしていますよ。立ったまま、こっちをのぞいています」

大輔《たいふ》という侍女は、慌てた。まあ、たいへん。うちのお姫さまは、いつものように虫に夢中で、外から丸見えなのに、わかっていないんじゃないかしら。お知らせしなくちゃ！　大輔は、姫君のもとへ急いだ。

姫君は簾の外に出て、あれこれと声を立てて、毛虫を払い落とさせていらっしゃる。

大輔は、こわくてそばへは近寄らないまま、注意した。

「なかへお入りください！　そこは丸見えです」

大輔がそんなことをいうのは毛虫の採集をやめさせたいからだ、と姫君は思った。

「なによ、見えたからって、べつに恥ずかしくなんかないよ」

「まったく、なさけない。嘘だとお思いですか？　ほら、あちらの方に、立派な男の方々がいらっしゃって、こっちをごらんになっているのですよ。虫を観察なさりたいなら、なかでしてください」

そこで姫君は、男の子の一人であるけらおに命じる。

「けらお、あっちへ行って、本当にだれかいるかどうか、見てきてよ」

けらおは、走って見に行く。そして、戻ってくると報告する。

「本当に、あっちに知らない人たちがいらっしゃいますよ」

姫君は、すばやく毛虫を拾い、袖《そで》に入れて、建物の奥へ駆けこんだ。

姫君の背丈は、ちょうどいい感じだ。髪も長く、たっぷりしている。髪の先は、切りそろえて手入れしていないけれど、それでもすてきだ。かえって魅力的なくらいだ。右馬佐は思う。あの人ほどに美人ではなくても、世間の常識をわきまえて格好や態度を取りつくろっていれば、評価されるものなのに。あの人は、親しくなるのは難しそうだ。でも、さっぱりした美しさを持っていて近づきにくい感じは、そのへんの女とはちがうな。ああ、残念だ。どうして、虫が好きなんていう変わった性格なんだろう。あんなに美人なのに。

右馬佐はため息をついた。このまま帰るのは、なんだか寂しいな。おすがたを見ました、とだけ知らせよう、と思う。持っていた紙に、草の汁で歌を書くことにする。虫好きな姫君にちなんで草の汁を用いるという案が浮かんだのだった。

かはむしの毛ぶかきさまを見つるよりとりもちてのみまもるべきかな

(毛虫の毛深さを目にしてからというもの、心をひかれています。手に取り、大事にかわいがりたいものです、毛虫の好きなあなたを。)

右馬佐は扇を打ち鳴らして、人を呼んだ。すると、奥から男の子が出てくる。姫君にこれを差し上げて、と手紙を渡す。

大輔は、このことを姫君に伝えた。

「まあ、なんてことでしょう。右馬佐さまにちがいないですよ。いやな虫をおもしろがっているお顔を、ごらんになったんでしょうよ」

大輔はそういって、この際だからと、ふだんから抱いている不満などをいろいろと申し上げる。すると、姫君は答える。

「悟ってしまえば、恥ずかしいことなんて、なにもないよ。この世は夢幻みたいに、はかないものなんだから。だれがいつまでも生き長らえて、あれは悪い、これは善いなんて、判断できるっていうのよ。そんなこと、だれにもできないじゃない？」

こういわれれば、姫君のまわりの人々は黙るほかない。若い侍女たちはみんな、いやだなあ、と思うのだった。

右馬佐と中将は、返事が来ないはずはないと思い、しばらく立ったまま、待っていた。

そのころ、お邸では男の子たちも呼び入れて、こんないたずらをされるとは本当になさけないよ、とみんな口々に嘆いていた。
侍女のなかには、返事をしないのはまずいと気づき、気づかいをする者もいたのだろう。いつまでもお待たせするのはよくないということで、歌を書く。

人に似ぬ心のうちはかは虫の名を問ひてこそいはまほしけれ

（人とはちがう考え方をする私の心は、毛虫の名を訊ねるような感じで、あなたの名をお訊ねした上で、お伝えしたいと思っています。）

この歌を見て、右馬佐は笑った。毛虫と見まちがえるほどに毛深い、あなたの眉。その眉毛の端ほどにも、あなたにかなう人はいませんよ。そう笑い、帰っていったようだ。

さてさて、この続きは二の巻にあるはずです。気になる読者の方は、読んでください。虫の好きなお姫さまと右馬佐、どうなることか。二人の仲は、近づくのか、それとも、これ以上はなにもないのか。あるいは、ここまで読んできたみなさんが、続きの物語を考えてくださいますように。

「あたしは虫が好き」を読むために

『堤中納言物語』のなかで、もっともよく知られている一編は、いうまでもなく「虫めづる姫君」だ。爽快なユーモアと、ずしりと響く人生へのまなざしが重なって、何度読み返してもあきない作品になっている。現代に生きる一読者の目から見てそう感じるのだけれど、この作品と同時代の読者あるいは聞き手には、どんなふうに映っただろう。やはり、受け手の胸には、おかしさとせつなさが届けられただろうか。虫の好きな姫君だけでなく、周囲の登場人物たちの描写もとてもいきいきとしていて、楽しく読める。

虫の好きな姫君のために、虫を捕ってくるのは男の子たち。姫君の侍女たちは、こわがるばかりだ。姫君は男の子たちに虫の名前を訊ねる。はじめて目にする虫には、名前をつけて面白がる。自由に研究しているような日々。姫君はこういう。「人はすべて、つくろう所あるはわろし」。人間というものは、何事についてもよく見せようとして取り繕うのはよくない、というのだ。

年ごろの女性なら抜くのが身だしなみとされた眉を、自然の状態のままにして、歯にお歯黒をつけることもしない。白い歯を見せてほほえみ、一日中、虫と遊んでいる。侍女たちがこわがって逃げると、それをたしなめる。

取り繕うのはよくない。姫君のこの台詞こそ、この物語のなかでも、ひときわ印象的で心に焼きつく言葉だ。いくら自然のままがいいといっても、身だしなみに関する慣習を、若い女性が正面から否定するのは容易ではないだろう。勇気ある反逆者。我が道を行く変わり者だ。

周りは手こずるが、とくに親は困らせられる。まったく、うちの娘は変わっている。とはいえ、あんな態度を取るのは、なにか悟っていることがあるのかもしれない。親たちはそんなふうに考えてみるものの、娘の反抗的な態度を恥ずかしく思う。世間体が悪いとか、だれでも見た目がきれいなのが好きなものだよ、などと忠告するけれど、姫君は聞き入れない。「よろづの事どもを尋ねて末を見ればこそ、事はゆへあれ」。すべてのことは元を探求し結果を見てこそ、因果関係がわかるもの。世間体を気にするより、そっちのほうがよほど大事だ、という。

毛虫を観察し、やがて蝶になるところを見届ける姫君にとっては、世間の人々による評判などつまらないものなのだ。すべては移り変わる。浅薄な評判、人目を気にしての言動など、心に懸けるまでもないという価値観。変わり者に見えても、姫君の考え方にも一理ある。だから親も、頭ごなしに叱りはしないのだろう。若い侍女たちが姫君の悪口をいっても、年輩の侍女のなかには肩を持つ者もいる。どちらの側にも、それなりの言い分があることを、作者は見事に描き出している。

この姫君は、どうしてそのような性格になったのだろうか。物語のなかに、それは書かれていない。偶然、虫を観察するようになって、虫の生態から教えられたのだろうか。物語だけから判断するなら、この姫君の先生は、やはり虫たちということになる。同時に、虫を捕ってきてくれる男の子たちもまた姫君の先生だろう。自然界への窓を開いてくれる存在が、この姫君の先生なのだ。

それに対して、虫をこわがる侍女たちや世間体を気にする親たちは、人間の世界や日常に縛られる生き方から離れられない存在。限られた視野のもとで生きる者たち、ということだろう。

さて、ある日のこと。この姫君のもとに、おかしな贈り物が届けられる。布で作られた蛇だ。姫君も侍女たちも、本物の蛇だと勘違いして驚き、慌てふためく。姫君は、これは前世の親だったかもしれないんだから騒がないで、と侍女たちをたしなめる。だれかが虫の好きな姫君の噂を聞いてこんないたずらをしたんだろう、と姫君の父は推測する。贈り物と手紙の主に対して返事を書くことになるのだけれど、それがまた変わっている。ふつうは仮名で書くべきところなのに、片仮名で書く。「契りあらばよき極楽に行き遭はむまつはれにくし虫のすがたは　福地の園に」。蛇のあなたと縁があるなら、生まれ変わったとき極楽でお会いしましょう。蛇のすがたでは近くにいるのが難しいので。そんな内容の返信だ。

蛇の贈り物をしたのは、右馬佐という貴公子。眉も剃らないし、お歯黒もつけないし、赤ではなく白い男物みたいな袴をつけて、毛虫を喜んでいる姫君は、それでも魅力ある人だと、右馬佐の目には映る。化粧すればきっときれいなのに、と思うのだ。みっともないところを見られてしまったと、邸の人々は嘆く。

侍女が姫君に代わって歌を返す。右馬佐は、あなたにかなうような人はいないだろう、という歌を詠み、笑って帰っていく。

この「笑ひて」という言葉が気になる。結局、姫君は変わり者として右馬佐にからかわれたに過ぎないのだろうか。その直後に、原文では「二の巻にあるべし」とある。これは、まるで続編があるかのように思わせる趣向の、結びの言葉。身だしなみや格好はちょっとおかしいけれど、きれいな人だ、と右馬佐は思ったのだ。ということは、もしかすると、風変わりな恋愛に発展するかもしれない。笑って帰りはしたけれど。そんな期待も少しは誘い出して、この物語は閉じられる。

もし、「二の巻にあるべし」という一行がなかったら、どうだろう。その場合、姫君は笑いものにされて終わるようにも見える。でも、そうではない可能性もあることを婉曲《えんきょく》に伝えて幕切れとなる結末に、この物語の度量の大きさが感じられる。

世間の慣習に逆らって生きることへの憧れと、その難しさ。衝突する価値観と、そこから生まれる多様なものの見方。この物語は、生きている限りつきまとう矛盾を、引き受けようとする。姫君を一つの固定観念に閉じこめず「二の巻にあるべし」という方向へ脱出させる終わり方は、とてもすてきだと思う。読み返すたびに、人々があざやかに動きはじめる物語だ。

それぞれの恋

ほどほどの懸想

賀茂《かも》の葵《あおい》祭り[1]のころは、世間がぱっと華やかになる。なにもかも、最新に見える。みすぼらしい小さな家の半蔀《はじとみ》[2]にも、いきいきした葵が飾られて、なんとなくいい感じだ。

お邸《やしき》につとめる侍女たちは、着物をきれいに着ている。袖《そで》には、物忌《ものい》み[3]のしるしを飾りつけている。だれもが化粧をして、他の子より見劣りしないようにと、張り合っている。

きれいな侍女たちが道を行き来しているのを眺めるのは楽しい。侍女たちと同じくらいの身分の小舎人《こどねり》[4]や随身《ずいじん》[5]たちが、彼女たちを意識するのは無理もないこと。それぞれ、好きな相手を見つけると、声をかけてみる。とはいえ、葵祭りの雰囲気に浮かれてのことだから、どれもこれも、戯れの恋ばかり。

そんななかに、どこの侍女だろうか、すごくすてきな子がいた。薄紫の着物を着て、髪は背丈ほどもあって、頭のかたちやスタイルもよく、なにもかも理想的。頭中《とうのちゅう》将《じょう》[6]のところに仕える小舎人童は、この女こそ自分が求めていた相手だ、と確信した。
そこで、いっぱいに実がなった梅の枝に葵をつけて、歌とともに贈る。

梅が枝《え》にふかくぞたのむおしなべてかざす葵のねも見てしがな

1　京都の賀茂《かも》別雷《わけいかずち》神社（上賀茂神社）と賀茂御祖《みおや》神社（下賀茂神社）の例祭。陰暦四月の第二の酉の日におこなわれた。現在は、五月一五日。古文で「祭り」といえばこの祭りを指す。社前、牛車、冠、家々の軒などに葵を飾ったことから「葵祭り」ともいう。
2　戸の一種。下半分が格子になっていて、外側へ吊り上げる仕組み。
3　陰陽道《おんみょうどう》の上で、凶事があるとして行動を慎むことを「物忌み」という。そのしるしは、木の札や紙の札で作られ、身につけたり簾などにつけられた。
4　小舎人童《こどねりわらわ》。近衛の中将・少将が召し連れる童。
5　高位高層の外出などの際に警護をする近衛府の官人。
6　蔵人所《くろうどどころ》長官で、近衛中将を兼ねる。（蔵人は天皇の側近。初めは機密文書や訴訟を扱っていたが、職務がひろがり、さまざまな宮中の諸雑事を取り扱った。蔵人所は、嵯峨天皇によって設置された。天皇直属の重職）。

（この梅の枝にあやかって、この恋が実りますように。そして「あおい」の名前のように「あう」ことができ、その根のように、あなたと「寝る」ことが叶うように。）

受け取った女は、次のように詠んで返した。

しめのなかの葵にかかるゆふかづらくれどねがたきものと知らなむ

（賀茂の社の葵にかかる木綿《ゆう》葛《かずら》を「繰《く》る」ように、あなたが「来る」とおっしゃっても、根は堅いのです。そう簡単に寝るはずがないでしょう。）

そんなふうに突き放す答え方も、なかなか気がきいている。

小舎人童は「なんだと！」といって、侍女を追いかけて、笏《しゃく》[7]でぽかんとぶった。

すると、侍女は「もう、こんな目にあうから、いやだっていったのよ」などと応じる。

こんなふたりは、身分も相応だし、おたがいにいいなと思っているにちがいない。

このときのことがきっかけとなって、ふたりは仲のいい恋人同士となる。

その後、この侍女は、どんないきさつがあったのか、故式部《しきぶ》卿宮《きょうのみや》の姫君の邸にお仕えすることとなった。父上である式部卿[8]は、はやく亡くなられたので、それ以後、姫君は心ぼそい境遇となっていた。不遇な身の上を嘆きながら、下京《しもぎょう》のあたりに暮らしている。その邸にお仕えする人は少なく、ほそぼそと日々を送っておられる。故式部卿の北の方、つまり姫君の母上は、式部卿がこの世を去られたときに剃髪《ていはつ》して尼になられた。そんな状態だから、姫君には頼りにできる人がいない。

高貴な生まれの姫君だから、ある程度きれいなのは当たり前。けれど、この姫君はまた格別だ。よるべない暮らしを送りながらも、成長するにつれ、どんどん美しくなっていく。

尼になられた母上は悩む。「亡くなった父君は、うちの姫が成長したら、宮中に仕

7　束帯《そくたい》のときに持つ、木や象牙でできた板。次第に実用性が薄れ装飾的なものとなる。（94ページの図参照）

8　式部省の長官。式部省とは八省の一つで宮中の儀式、文官の勤務状況の審査、選任や叙位、学政などをつかさどる。（八省とは、太政官のなかに置かれた八つの中央行政官庁。中務・式部・治部・民部・兵部・刑部・大蔵・宮内のこと）。

笏

えさせて、できれば帝のもとに、と考えていたのに……。いまではもう、そんな計画や夢はあとかたもなく消えてしまったよ」。母上は、そんなふうに嘆いているようだ。

話は変わって、さっきの小舎人童と侍女。

この恋人たちのあいだでは、邸のこと、姫君のことがたびたび話題にのぼる。小舎人童は侍女のもとへ通っているのだが、いつでも邸の様子が寂しく、わびしくて、あまりにも頼りなげなので、とうとう、こんなことを口にした。

「あのさ、こんなのどう？　俺のご主人、頭中将さまが、いっそのこと、きみのところの姫君と結ばれないかな。そうなったらよくない？　頭中将さまにはまだ決まった相手がいないんだ。それに、もしそうなったらさ、俺もお供をしてここに来ることになるから、きみと会いやすいんだけど。いい案じゃない？　だって、ここは、きみが前にお仕えしていたところより遠いからさ、来たくても、どうしても来られないこともあるから。わかってる？　冷たいと思われたくないし。俺はいつもきみのことを思ってる。すぐ来られない距離だから、なんだかんだで心配になるし」

「それがね……。うちの姫君ったら、ぜんぜん、そんな気がないみたい」

「美人なの？　おきれいなんだろうね？　身分がよくても、美人でないならちょっとね……」

「まったく、なにいってるの。そんなはずないでしょ。まわりの人たちは、どんなに気分が沈んでいるときでも、うちの姫君の顔を見れば気持ちがはればれするって。みんな、そういうんだから。それくらい、すごい美人」

そんな対話をしているうちに、夜が明ける。遠い道のりを、小舎人童は帰っていった。

さて、そうこうしているうちに年が改まった。

頭中将に仕えている者のなかに、ひとりの若い男がいた。恋多き人なのか、これといって決まった相手もないまま、気ままな暮らしを送っている。この男が、同じ主人に仕える先ほどの小舎人童に、ふらりと訊いた。

「おまえが通っているところって、どんなところだ？　いい女たちがいるの？」

「じつは……、八条宮のお邸なんです。そこに、知っている者はいますけど、まあ、そんなにたくさん若い女のいるところじゃありません。でも、女房のなかでも中将の君という人や侍従の君という人などは、美人だって評判ですけど」

「じゃあ、おまえの彼女に頼んで、その女たちのだれかに手紙が届くようにしてくれよ。いいだろ？」

「えっ、だれでもいいんですか？　それはまた……」

小舎人童は、その男からの手紙を預かった。そして、自分の恋人のところへ持参し、手渡して、だれか美人の女房に渡してくれるようにと頼んだ。

恋人は「そんないいかげんな関係の手引きをするなんて、よくないよ」と、文句をいいながらも、邸の女房たちのもとへ持っていき、どういう人からの手紙なのかを伝えた。

柳の枝に結びつけられたその手紙は、見ると、筆跡もなかなかのもの。

　したにのみ思ひみだるる青柳のかたよる風はほのめかさずや

（私の心が、だれにも知られずに思い乱れていることは、この柳の枝が風になびくことからも、きっと伝わるでしょう。）

この歌につづけて、「知らずはいかに」と言葉が添えてある。これは『拾遺和歌集』[9]のよみ人知らずの歌「しるや君知らずはいかにつらからむわがかくばかり思ふ心を」

という歌を示している。そんな、ちょっと気のきいたところもある手紙だった。

女房たちは、どう応じるのがいいか、あれこれと語り合う。

返事をしないで黙っているのは、態度としては古風すぎるから、ともかく返事はしたほうがいい、ということになる。昔と違っていまは、手紙を受け取ったらとりあえず返事をするものなんだから、と。それなら、と応じる女房がいる。

ひとすぢに思ひもよらぬ青柳は風につけつつさぞみだるらむ

（ひとすじにより合わされていない青柳は、風が吹くたびに、さぞ乱れることでしょうね。あちらの女へ、こちらの女へ、というふうに、たやすく。）

機転のきく女房がそんな歌を詠み、男に返した。現代風の、才気あふれる筆跡で散らし書きにされた文字だった。男はそれを受け取り、お、ちょっといいな、と思って眺めていた。

そこに、主人である頭中将が現れた。そして、男の背後から、手紙をぱっと奪い取った。きゅっとつねって、問いただす。

「これは、だれからの手紙？」

「八条宮のところにお仕えしている女からです。手紙を贈ったら返事が来たんです。気まぐれなものです」

八条宮といえば、頭中将自身も、どうにかして、つてを得たいと考えていた場所だ。それで、受け流すことなく、その手紙をじっと眺める。

「また手紙を書くんだろう？　どうせ書くなら、熱心なところを見せて、なんとか口説いてよ。そうすれば、おまえの女に頼んで、私もそこの姫君に手紙を贈れるだろう？」

頭中将は、もうすでに八条宮の内情を知っている小舎人童を呼んで、どんな状態なのか聞いてみる。父宮が亡くなってからは、すっかり傾いて、先がどうなるかわから

9　『拾遺和歌集』恋二のよみ人知らずの歌。『拾遺和歌集』は三番目の勅撰和歌集。二十巻。花山院の撰か。寛仁二年（一〇〇五）から寛弘四年（一〇〇七）のあいだに成立したという見方がある。歌数は約千三百五十首。
10　行の上下をそろえず、自由に空間を活かして書く書き方。

ない心ぼそさだと、小舎人童は伝えた。

気の毒なことだ。頭中将は、ため息をついた。もし、八条宮がご健在だったら、そんなことにはならなかっただろうに。そういえば、まだ八条宮がお元気だったころ、自分もあそこで開かれた催しなどのために、邸にうかがったことがあったな。

そんなことを思い返していると、「世のつねに」[11]という歌などが浮かんでくる。『古今和歌集』の歌だ。「花のごと世の常ならば過ぐしてし昔はまたも帰り来なまし（毎年咲く桜のように、世の中が常に同じなら、過ぎた昔はまた帰ってくるだろうに。でも、そうはいかない。過ぎたことは二度と戻りはしない）」

そう、自分自身だって、それと同じこと。物事は移り変わっていく。いつどうなるか、わからない。心細いのはだれでも同じ。自分もまったく頼りないものだ、と頭中将は思う。

世の中ってつまらない、と思いもする。

けれど、そうでありながら同時に、恋心もつのるばかりだ。

これはどういう心の乱れ方なのか。自分でもいぶかしく思うほど、頭中将は八条宮の姫君に恋焦がれる。歌を詠んでは贈る。

それでも、自分の方から求めたことでありながら結果として恋愛関係になったことについて、やがては気が重くなり、後悔も湧いてくる。どうしてあの姫君を口説いたりしたのだろう、と。

心とは頼りないもの。自分自身の気持ちも行動も、まったくどうなっているのか、わかったものではない。頭中将は、そう思わずにはいられないのだった。

11　引歌未詳。『古今和歌集』春下の歌を引く説がある。

「それぞれの恋」を読むために

この物語は、異なる三つの身分それぞれの恋愛を描き出す。まずはじめに、小舎人童と侍女の恋。次に、青年の従者と女房との恋。そして最後に、頭中将と姫君の恋。

小舎人童と侍女の恋が、この両者それぞれの背景にひろがる人間関係へと、徐々に、自然に波及していく様子が面白い。ある恋愛関係が、別の人々の恋愛関係を生んでいく。人の縁が幾重にも重なることで織り成す構図のようなものを、少し離れた場所から眺める視点によって編まれた物語だ。

物語の冒頭は「祭りのころは」とはじまる。古文で「祭り」といえば、それは賀茂祭りを指す。現在も、葵祭りとして五月十五日におこなわれている、賀茂神社の大切な祭りだ。社前や牛車や冠に、葵を飾ることから、葵祭りとも呼ばれるようになった。

祭りの支度で慌ただしくしている人々、道を行き来する人々の様子。一人の小舎人童が、道を行く侍女たちのなかに、ひときわきれいな子を見つけて、葵をつけた梅の枝を贈る。歌のやりとりがあって、それから小舎人童は笏を持って侍女を追いかけ、ぽかりとたたく。憎まれ口をききながらも、この二人は意気投合して、じゃれあっているのだ。二人はつきあうようになる。この出会いの場面は、とてもあざやかに描かれていて、読んでいて楽しい。人々が目の前へ踊り出すかのように、いきいきとした描写。

　この侍女は、もう亡くなった式《しき》部《ぶ》卿宮《きょうのみや》の姫君のところにお仕えしている。父君がいなくなってから、この邸は寂しく、心細い状態となっている。恋人である侍女のもとに通う小舎人童は、頼りない境遇となっている姫君とその邸を心配する。なかなか知恵のまわる小舎人童で、もし自分の主人である頭中将がこの姫君と結ばれるなら、自分も主人といっしょにその邸を訪ねる機会ができるので、いまより恋人にも会いやすくなるだろう、と思いつく。なるほど、いい案だ。侍女は、うちの姫君は恋愛にぜんぜん興味がないみたい、と応じるのだけれど。

さて、そのうちに、頭中将に仕える別の男が、小舎人童に訊ねる。お前が通っている邸にはいい女がいろいろいるのか、と。この男は遊び人だ。その邸の女房のだれかに渡してくれ、と気まぐれな関係を仕掛ける。断りきれず、預かった手紙を小舎人童は恋人に託す。恋人である侍女は、女房の一人にそれを渡す。

こういう手紙を受け取った場合の応対の方法にも、作法があるようだ。風に揺れる青柳のイメージが持ち出される。「ひとすぢに思ひもよらぬ青柳は風につけつつさぞみだるらむ」。一筋に気持ちを向ける相手を持たないあなたは、青柳が風に吹かれるみたいに浮気な心で思い乱れているのでしょう。いい感じに、散らし書きでしたためられた歌。それを見て男は心を動かされる。

その邸の女房ならだれでもいいから、と託した手紙だけれど、受け取った相手はかなりすてきな人のようだ。小舎人童とその恋人の関係が、こうして別の新たな関係を発生させることになる。小舎人童も恋人も、いいかげんな気持ちで頼まれた仲介役を引き受けることに、気は進まなかったけれど。

物語の冒頭の、賀茂祭りの場面を思い出したい。にぎやかな往来で、小舎人童は、侍女のすがたを直接見ている。直接、声を掛け合う。追いまわす。その身分らしい恋愛の様子とは、そんな状態も含めての評言だ。次に登場する男と手紙を受け取った女房との関係は、もちろん、そうではない。すがたを目にすることなく、相手がどんな人なのか知らないまま、手紙だけから判断して、想像をふくらませる。小舎人童と恋人の関係は、無邪気で真摯なものだ。それに対し、この男と女房の関係には遊びのニュアンスが多分に含まれる。まさに、風のままになびく青柳のイメージがふさわしい関係。

ところが、この女房からの返事を読んでいる現場を、主人である頭中将に見られてしまう。頭中将はいきなり手紙を奪って、相手はだれかと問う。いくら主人だからといって手紙を奪い取るなんてひどい、と思うのは現代の感覚。場所を知った頭中将は、自分もその邸に通いたいという気持ちを煽《あお》られる。知らなかった邸ではない。以前に、何度もその邸の行事に招かれて行ったことはあったのだ。そして、やがて頭中将の願いは実現する。

物語はここから、さらに大きく方向を変える。こまかくは書かれていないけれど、姫君と結ばれたらしい頭中将は、憂鬱な感情にさいなまれる。世の中つまらない、と思う。あれ、いつのまに？　と驚かされる、言葉を省略した展開の早さだ。ところが、頭中将は、姫君と関係が築けてうれしい、というのではなくて、どうしてこんな関係を作ってしまったのだろう、と後悔するのだ。一時の気の迷いから生じた関係だから、というだけのことではないらしい。頭中将の性格がいかにも厭世的《えんせい》だという側面を、この物語は描出しようとしている。

身分の高い人々の恋愛は、たとえ関係が築けた場合でも、煩悶《はんもん》に満ちていてなにかと悩ましい。そんな観察がこめられているのだろう。それは小舎人童と恋人の関係のように開けっぴろげな無邪気さに彩られたものではなく、鬱々としがちで、この世の無常を見つめてしまうものだ、ということなのだろう。

軽やかで真剣な恋愛から、遊戯的な恋愛、そして最後に、重苦しい恋愛へ。通して読んでいくと、それぞれの関係のはじまり方や内実は異なるけれど、関係が関係を呼び寄せ、直接は関係ないように見える人間どうしも、どこかで見えない糸によって繋がれていることが感じられる。

頭中将の相手である姫君は、なにがどう繋がった結果、自分の恋愛関係がはじまったのか、知りはしない。遊び人の男と女房の関係がなければそれははじまらないし、さらに遡《さかのぼ》れば、小舎人童と侍女の恋愛がなければそれすらも生じない。すべては、賀茂祭りの日のある瞬間、往来で小舎人童が一人の侍女を見初《みそ》めたことに端を発する。その瞬間がなければ、頭中将と姫君の関係も生まれないのだ。恋愛や人間関係の不可思議を、この物語はたっぷりとすくい取る。

越えられない坂[1]

逢坂越えぬ権中納言

橘《たちばな》の花は、五月になるのを待って咲きはじめる。その香りは、過去に親しかった人のことを恋しく思い出させる。秋の夕方の寂しさと同じくらいに、しみじみとした風のなか、橘の花の香りが漂う。いい香りだ。心に響く。山から下りてきた山ほととぎすが、里に慣れて、しきりに鳴いている。空には、ほのかに光る三日月。

こんな日には、中納言は、とてもじっとしてはいられない。あの姫君のところへ行ってみようか、と思う。でも、行っても、どうせまた相手にされないだろう。そう思うと、むなしくなる。

自分を好きだといって愛情を見せてくれる別の女を訪ねようかと考えなおす。けれど、どういうわけか、そちらへはあまり行きたい気持ちになれない。

ああ、どうしようか。あれこれと思いめぐらせていると、蔵人《くろうど》の少将が現れる。

「宮中で音楽会がはじまります。すぐいらしてください。帝もお待ちになっていますから」

中納言は、あまり気が進まない。けれど、牛車《ぎっしゃ》の用意を命じる。その様子を目にした蔵人の少将は、訊ねた。

「もしかして、今夜行かないと恨まれるお約束でもあるんでしょうか？」

「こんな俺のことを、恨むほど思ってくれる女なんて、いるわけないじゃないか……」

　ふたりは、そんな対話を交わしながら音楽会へ向かった。

　宮中では、琴《きん》や笛などを並べ置き、楽器の調子をととのえて、みんな中納言の到着を待っていた。空の三日月はまもなく隠れて見えなくなった。星の光のもとで、音楽の集いはつづけられる。音楽にあまり興味のない殿上人《てんじょうびと》[2]などは、もう眠気にたえら

1　『堤中納言物語』のなかで唯一、成立年代の明らかな作品。天喜三年（一〇五五）五月三日「六条斎院禖子内親王家物語歌合《ろくじょうさいいんのばいしないしんのうけものがたりうたあわせ》」巻八に、「あふさかこえぬ権中納言　こしきふ（小式部）」として、作中の歌「君が代の」が採られている。小式部は『後拾遺和歌集』『千載和歌集』その他の勅撰集に、計六首の歌が入集している。後拾遺時代の歌人と見られる。出自、出仕先などは未詳。
2　清涼殿（天皇の居住する殿舎）の殿上の間に伺候することを許された官僚。

れなくて、つまらなそうにしている。

音楽会が終わると、中納言は、中宮に挨拶するために、その部屋を訪ねた。そこにいた若い女房たちは、楽しそうに笑う。

「味方になってくれそうな、いい人がいらした。例の件をお願いしましょうよ」

「なんのこと?」

「あさって〈菖蒲《あやめ》の根合わせ〉[3]があるんです。中納言さまは、左右の組の、どちらの味方をされますか?」

「菖蒲の名前から連想するような文目《あやめ》(ものの道理)をわきまえない、こんな自分ですよ。菖蒲を引き抜くように、引き抜いてくれるほうにつきますね」

「文目もわきまえない人なら、右の組には要らないでしょう。それなら、ぜひ、左の組に付いていただきたいです」

小宰相《こざいしょう》の君と呼ばれる女房が、左の組へ中納言を引き入れてしまった。

「こんな自分を、そこまで必要としてくれるとは」

中納言はちょっとうれしそうにして、部屋から出ていった。女房たちは、なんとなく物足りない気持ちになる。あっさりしているね。こんなときは、少しくらい冗談でもいって、打ちとけてくれればいいのに。

右方の人々は、中納言が左方の味方になったことを知って、自分たちの味方を探した。三位中将《さんみのちゅうじょう》に声を掛ける。頼まれると、三位中将はこころよく引き受けた。そうなると、こちらも負けず劣らず、頼もしい。

〈根合わせ〉に参加するのは気が乗らない、という様子を見せていた中納言。けれど、当日になると、それはそれは見事な菖蒲の根を幾本も用意して、宮中へ現れた。

中納言は、小宰相の君の部屋を訪ねた。そしてこういった。

「こういうことに加わるのは、なんだかおとなげない気がしますけど、頼りにされたのだからと思って、探してきましたよ。安積《あさか》[4]の沼まで行って、よさそうな菖蒲の根を

3　根合わせは、左右に分かれて菖蒲の根を出し合い、その長さを競う遊戯。五月五日の行事で根の長さにあやかって長寿を祈る。
4　福島県安積郡。花かつみの名所。花かつみは湿地に生える植物で、野生の花菖蒲ともいわれるが、諸説ある。歌では「かつ」「かつて」に掛かる序詞として用いられた。たとえば『万葉集』巻四に「をみなへし咲く沢に生ふるはなかつみかつても知らぬ恋もするかも」という歌がある。

持ってきました。ぜったい負けませんよ」

それを聞いて、小宰相の君はどんなにほっとしたことだろう。

右方の三位中将は「根合わせ」がはじまる前から、すっかり挑戦的になっていた。中納言はまだ来ないのか、などと訊く。すると、少将の君がこう答える。

「あら、やだ。あなた、声ばかり大きくて、来るのが遅いわよ。左方の中納言様は、夜明けごろにはいらして、もう準備をされているようよ」

そうこうしているうちに、中納言が現れる。

顔立ちから何から、同じ人間とは思えないほどすぐれている。そばにいると、こちらが恥ずかしくなるほどに。

「なに、どうしたって？　私みたいな年寄りを、そんなに挑発しないでくださいよ。体調だって、そんなにいいわけじゃないし」

そう応じる中納言は、年齢は二十一、二歳くらい。そろそろ落ち着きが身についたという年齢だ。

「じゃあ、〈根合わせ〉をはじめましょう」

「拝見しましょう」

人々が集まってくる。

左方と右方、それぞれの人たちが取り出してみせる根は、優劣つけがたいほど立派だ。とはいえ、左方に味方した中納言の用意した根は、ただ長いだけではなく、どことなく優美な感じすらもある。左方と右方、それぞれが取り出して見せ合う。引き分けかもしれない。みんながそう思ったとき、最後に左方から出された根。これがもう、予想しなかったほど、すばらしかった。右方に味方した三位中将は、呆然としてしまった。なにもいえず、黙って見つめた。これはもう見てのとおり、こちらが勝ったようだ、と左方の人々は得意になった。

さて、〈根合わせ〉が終わると〈歌合わせ〉となった。朗詠《ろうえい》の担当は、左方が左中弁《さちゅうべん》。右方は、四位《しい》少将だ。歌が詠まれるあいだ、小宰相の君などは、心配で気をもんでいる。

右方の人々は、四位少将がいつになく気後れしているのに気づいて、どうしたのかとはらはらする。中納言が左方の味方についているのを、いらだたしい気持ちで眺

5　太政官に属する官名で、正五位上に相当。

める。

左の歌は、こんな歌だ。

君が代の長きためしにあやめ草ちひろにあまる根をぞひきつる

（君が代の長く栄えるしるしとして、この長い長い根を引き抜いてきました。）

これに対する、右の歌。

なべてのとたれかみるべきあやめ草安積の沼の根にこそありけれ

（この根をどこにでもあるような根と見る人はいないでしょう。なんといっても、かの有名な安積の沼に生えていたものですから。）

右方の四位少将は、負けるものかと、こうつづける。

いづれともいかが分くべきあやめ草おなじ淀野《よどの》に生《お》ふる根なれば

（どちらの根がよりすぐれているかなんて区別できないだろう。どちらも、同じ淀野に生える根なのだから。）

そのとき、帝が来られた。

帝はこの催しのことをお聞きになり、どうなっているのか、ぜひ見たいと思われて、そっとお越しになった。中宮の近くにいらして、おっしゃる。

「こんなおもしろいことをしているのに、どうして知らせてくれないんだ。中納言や三位中将が敵味方に分かれて争うなんて、ただではすまないだろうね」

「左方と右方に分けようというわけではなくても、こうなってみれば、みなそれぞれひいきがあって、なんとなく分かれたのですよ。やはり、競争っぽくなりました」

中宮はそうお答えになった。どっちが勝つのかな。中納言が負けるなんて考えられないけど。そんな帝の言葉が、三位中将に聞こえる。三位中将は、うらめしそうな目つきをするけれど、その様子には品があり、かわいらしさもあって、こんな人めったにいない、という感じだ。それでもやはり、中納言のすばらしさは、それ以上なのだ。見ているほうが恥ずかしくなるほどの格好よさで、比較などできない。

中納言は、左中弁《さちゅうべん》に向かってこういう。

「これでお開きというのは、ちょっとさびしいね。そうだ、琵琶の音が聞きたくなってきた。いかがです?」

左中弁は、このごろはもう忘れてしまったからと遠慮したが、うながされて、とうとう弾くことにする。盤渉調《ばんしきちょう》[6]にととのえて、軽やかに奏でる。それを聴いて、中納言はすっかりおもしろくなったらしく、和琴《わごん》[7]を持ってこさせると、合奏した。

三位中将は、横笛を吹く。四位少将は拍子をとり、それに合わせて蔵人の少将が〈伊勢の海〉[8]を謡われた。その声は、音楽にかき消されることもなく、美しく響いた。

帝は、みんなの演奏を楽しまれた。とくに、中納言がそんなふうに打ちとけて、熱を入れて演奏されるのを、珍しいことだと思われた。

「明日は物忌みだから、夜がふけないうちに帰るよ」

帝はそういって、お帰りになる。

〈根合わせ〉で左方から出された、あのとくに長い根を、帝は持ち帰られた。こんな長い根もあるのだという証拠として持っていこう、と仰って。

中納言も、お帰りになろうとする。

そのとき、白楽天の詩[9]を吟詠された。「階《はし》のもとに植わっている薔薇《そうび》は、夏になると咲く」という一節だ。あまりにすてきなので、若い女房たちはうっとりと聞きほれるのだった。

例の姫君のところへ、出かけたい、と中納言は思う。しばらくごぶさたしているの

6　雅楽の十二律の一つで、口調にあたる。盤渉は秋八月の調べ。

7　大和琴、六弦。

8　『催馬楽《さいばら》』の曲名。「伊勢の海の　伊勢の海の　清き渚の　しほがひに　なのりそや摘まむ　貝や拾はむや　玉や拾はむや」。『催馬楽』は、古代歌謡の一種。もとは民謡だったが、平安時代に宮廷の雅楽に取り入れられた。舞はない。宮廷や貴族の宴席、寺院の法会などで歌われた。

9　『和漢朗詠集』上・首夏。「甕《もたい》のほとりの竹葉（酒の異名）は春を経て熟す。階のもとの薔薇は夏に入りて開く」。

で、気になってしかたない。でも、今夜はもう遅いからと諦めて、家に帰る。そして、横になったけれど、なかなか眠れない。

翌日のこと。

菖蒲の節句は過ぎたが、その名残のつもりで、紙を菖蒲襲《しょうぶがさね》[10]に重ねて、姫君に次のような歌を贈った。

きのふこそ引きわびにしかあやめ草ふかきこひぢにおり立ちしまに

（昨日は深い泥の中から菖蒲の根を引いて、根合わせをしましたが、このごろの、まるで泥にはまっているようなあなたへの恋心のために、わびしい気持ちになりました。）

そんな歌を贈っても、これまでと同様、返事は来ない。

嘆いているうちに、五月も過ぎた。

六月になった。地面が乾いて割れるほどに、じりじりと日が照りつける夏の日々。

それでも、涙にぬれる中納言の袖は、乾く間もない。姫君との関係が進展せず、よい返事をもらえないので、中納言はすっかり沈んでいる。

十日過ぎの、月が明るい夜。

中納言は、姫君のもとをそっと訪れた。邸に着くと、宰相の君という女房に、姫君にお会いしたい、と案内を求める。

宰相の君は、ためらう。相手は、こちらの気が引けるほどに立派な中納言さま。どうお答えしたらよいものか。このままお帰しするのは、いくらなんでも、あまりにものを知らない相手だと思われるかしら。宰相の君はそう思って、妻戸《つまど》を開けて、とりあえずはお目にかかった。

中納言が着物に薫《た》きしめた香の香りは、離れていても、移ってくるようだ。思いをこめて語るその言葉には、きっと、奥の夷《えびす》[11]でも心を動かされるだろう。

10　襲《かさね》の色目で、表が青（あるいは白）裏が紅梅。菖蒲染めのことで、青みがかった紫色に染めた紙のことかともいわれる。
11　蝦夷《えみし》。平安後期の作品にたびたび出てくる形容語句。情趣を理解しない者の意。

「いつものように、たとえ無駄でも、それでもいいんです。せめて私の言葉を、確かに聞いた、というだけでもいいので、姫君からお言葉をいただきたいんです」

「さあ……どうでしょう」

宰相の君は、ため息をついて、建物の奥へ入った。

中納言はこっそりその後につづいた。そして、建物のなかへしのびこんでしまった。

宰相の君は、姫君が横になっているところへ近寄り、こういった。

「姫さま。ときどき、縁の近くへ出て、涼まれたほうがよいですよ。奥に入ってばかりでは、お体にもよくありませんから。ところで、いま中納言さまがいらしていて、いつものように、ご無理を仰るのですけど…。すごく思いつめていらっしゃるようです。それはもう、お気の毒なくらいです。ひとこと、ご自分の気持ちをお伝えしたくて野にも山にも迷うような状態です、なんて仰るんです。どうしましょうか。困りましたね……」

「なんでかな、どうも気分が悪くて」

「なんとお返事したらいいでしょう」

「なによ、いつもはあなたが、そういう返事は軽々しくするものじゃないって、あんなに私に教えているのに」

姫君はそういって、少しも動こうとはしない。

宰相の君は、このような様子をありのままに伝えるしかないと思って、その場から離れた。

隠れて二人の対話をこっそり聞いていた中納言は、宰相の君が出ていった後、姫君のそばにそっとしのび寄った。

姫君は、はっと驚いた。すっかり当惑し、どうしたらいいか、わからずにいる。

「身のほど知らずの、無礼なことなどしません。ただ、ひとことでいいので、どうかお言葉を、聞かせてください」

そういううちに、涙をはらりとこぼす。こんなすてきな人は、なかなかいるものではない。

さて、姫君の様子を伝えようと思って、宰相の君はおもてへ出ていった。

さっきまでそこにいた中納言のすがたが見えない。返事を聞いてからお帰りになるはずなのだから、どこかでだれかと話しているのかもしれない、と思う。

しばらく待っていたけれど、現れない。どうせまた拒絶の返事なら、もう聞かなくていい、と気が変わったのかもしれない。きっとお帰りになったのだろう、と宰相の君は思った。気の毒だった。宰相の君は、考える。もし自分がその立場だったら、こんな目に遭わせたりしないのにと。そんなふうにぼんやり思って、姫君の部屋のことなど考えもしなかった。

姫君はすっかり困りはてたけれど、一線を越えることはなさらなかった。そうしているうちに、夜が明ける。中納言も、強引に迫りはしなかった。

中納言はつらくて、帰りたくない。もし、だれかに見つかったら、なにもなかったとは思われないだろう。二人の関係に、当然、なにかあったと思われてもしかたない。そう考えると、姫君のことが気の毒になる。

「もう、これからは、そんなつめたい態度をとらないで。私ほど強くあなたを思う人は、いないですよ」

そして、中納言は歌を詠んだ。

うらむべきかたこそなけれ夏衣うすきへだてのつれなきやなぞ12

（だれのことを恨むのでもないけれど、この夏衣の薄い隔てが取りのけられないのは、なぜなんだろう……。）

12 『源氏物語』「空蟬《うつせみ》」の巻の幕切れに似ている。あと一歩という薄い隔てなのに、なおも無常なのはどうしてか、と嘆く歌。

「越えられない坂」を読むために

この物語の主人公である中納言は、だれもが見とれる美貌の持ち主で、なにをしてもうまく出来る人物。けれど、そんな男も、解決できないひそかな悩みをかかえている。恋の悩みだ。相手の姫君は、中納言の求愛に応えようとはしない。いくら熱心に手紙を書いても、返事すらくれない。中納言の思いはつのるばかりだ。

とはいえ、それはあくまでもこの人物の内面の出来事。恋の悩みは、秘められている。蔵人の少将から「今夜行かないと恨まれる約束でもあるのか」と問われれば、「こんな自分のことを恨むほど思ってくれる女なんているわけない」などと答えるしかない。中納言は、女房から頼まれれば〈菖蒲《あやめ》の根合わせ〉にも参加するし、楽器の演奏にも加わる。周囲の人々を楽しませる才能をもっている。

憂鬱な雰囲気を漂わせる中納言を、周囲の人々はどう見ているだろう。たとえば、中宮のもとに集う女房たち。〈菖蒲の根合わせ〉への参加を求められると、中納言は引き受ける。「こんな自分を必要としてくれるとは」と、うれしそうな様子を見せる。そして、部屋から去っていく。女房たちは思うのだ。少しくらい冗談でもいって打ちとけてくれればいいのに、と。ということは、中納言は冗談を口にしないような、まじめで堅い、親しくなりにくい印象の人物ということだろう。

菖蒲の根の長さを競う〈菖蒲の根合わせ〉で、味方についた左方に加勢した中納言は、とても長くて立派な根を用意する。左方の人々から頼りにされたのだからと、律儀に考えて、ぜったい負けないと思える長さの根を調達する。

競争相手として登場するのは、右方の味方についた三位中将。中納言よりも遅く到着したのにそれを知らず、中納言はまだか、などと聞く。三位中将は競争心を燃やす。いざ根合わせがはじまると、いい勝負で、これは引き分けかもしれないと人々は思う。結局、左方から最後に取り出された根が、だれも予想しなかったほどすばらしく、左方の勝ちとなる。〈歌合わせ〉になって、しばらくすると帝が現れる。左右に分かれての勝負がおこなわれていることを知って、じっとしていられなくなったのだ。

やがて、楽器の演奏がはじまる。軽やかな琵琶の音を聞いているうちに、中納言は和琴を弾きたくなり、合奏する。笛や歌も加わって、楽しいひとときになる。ここに、帝の目から見ての感想が挟まれる。中納言がこんなふうに打ちとけて熱を入れて演奏するのは珍しい、と帝は思うのだ。

先の、冗談でもいえばいいのにという女房たちの感想に、この帝の観察を重ねると、中納言のなかなか打ちとけない性格がさらに強調されて浮かび上がる。中納言の性格は、思うように運ばない恋愛が原因なのだろうか。あるいは、もともと憂鬱な気質の人物か。もしくは、「それぞれの恋」に登場した頭中将や『源氏物語』の薫君《かおるのきみ》（薫大将）のように、厭世《えんせい》的な性格の典型を示そうとした、ということだろうか。

菖蒲の節句の翌日。中納言は、姫君に手紙を書く。泥にはまっているような恋心、と歌を詠む。〈菖蒲の根合わせ〉では見事に勝ったけれど、この恋がなんとかならなければ、中納言の心は晴れない。周囲からは、だれよりもすてきな人だと見られているのに、実際には自分の想う相手を動かすことができない中納言の煩悶《はんもん》。時間ばかりが過ぎていく。季節は真夏を迎える。照りつける強い日差しに地面は乾いてひび割れるほどなのに、中納言の袖は涙で乾く間もない。

ある晩、姫君の邸を訪ねる。取り次ぐのは宰相の君という女房だ。同情した宰相の君は中納言の気持ちを姫君に伝える。けれど、姫君はこう応じるのだ。いつもはあなたが、男への返事は軽々しくするものではない、と私に教えているのに、と。ともかく気が進まないらしい。

ここで、とうとう中納言は行動に出る。宰相の君の後について、こっそり建物のなかへ忍びこむのだ。宰相の君は気づかない。姫君からの返事を、おもてでじっと待っていると思っている。勝手に入ってきた男に、姫君はどう対応したらよいかわからず、うろたえる。せめて言葉だけでも聞かせてくれ、と求めて涙を見せる男を、どうしたらいいのだろう。姫君にその気がなければ、どこまでもうっとうしいだけだ。

まじめで、律儀で、憂鬱な空気をまとう中納言。姫君のそばへ忍びこんでも、強引に迫ることはしない。そのまま、朝を迎える。ここを出ていくとき、だれかに見られたら、二人のあいだになにもなかったとは思われないだろう。そうなれば姫君が気の毒だ、と中納言は思う。勝手に忍びこむ勇気があるわりには、ぐずぐずと悩む。

一方、姫君はどう思っただろう。くわしくは書かれていない。熱心に口説く相手に、いずれは心を開くのか。あるいは、どうしてもこの相手に心を動かされることはなくて、拒否をつづけるのだろうか。そして、宰相の君はどう思うだろう。もし自分が姫君の立場なら、あんなふうに待たせて辛い気持ちにはさせないのに、などと夢想する宰相の君には、邸へ入る隙《すき》を男に与えてしまうような、うっかり者の面がある。姫君と中納言の関係を知って、いつのまにあの二人は、と驚くのかもしれない。あるいは、知らないふりしてあなたが手引きしたんでしょう、と姫君に恨まれることになるのかもしれない。

周囲の人々から憧れと羨望《せんぼう》のまなざしを向けられる中納言だけれど、華やかに見える日々は、うまくいかない恋に悩まされる日々でもある。そして、長いあいだ想いつづけているこの恋がかなわなければ、中納言の心は晴れないのだ。

「それぞれの恋」には、相手と関係を結ぶことができても鬱々と悩み、後悔する頭中将が登場する。「越えられない坂」では、近づいても強引に迫ることはできずに悩む中納言が描かれる。かなっても悩み、かなわなくても悩む。それが恋だと、この物語は伝えたいのかもしれない。

貝あわせ

貝あはせ

九月のある夜明けのこと。西の空に残る有明の月の明るさ、美しさにさそわれて、蔵人《くろうど》の少将は、おもてを歩きに出かけた。指貫《さしぬき》[1]の裾を、歩きやすいように少しばかりたくし上げた格好で。お供は、一人の小舎人童《こどねりわらわ》だけだ。夜が明けてくる。それでも、すがたを隠してくれそうなほどに、朝霧が深く立ちこめている。

どこか、門の開いている家があればいいんだけど。そう思いながら、歩いていく。きれいな庭木のある家にさしかかったとき、ふいに、琴《きん》の音がかすかに聞こえてきた。蔵人の少将はうれしくなった。その家の周りを、ぐるりとめぐってみる。門の脇かどこかの築地《ついじ》が、崩れていないだろうか、と探したけれど、少しの隙もない。それで、いっそう気持ちを惹かれる。いったい、どんな人が琴を弾いているんだろう。知りたくてたまらない。どうにもできず、お供の者に、いつものように、詠わせる。

ゆくかたも忘るるばかり朝ぼらけひきとどむめる琴の声かな

（この朝に、行き先を忘れさせるほど、すばらしい琴の音だな。）

お供の者にこう詠わせて、しばらく、だれかおもてへ出てこないかと、どきどきしながら待っている。けれど、だれも出てこない。残念、と思いながら、そこは通り過ぎる。

歩いていくと、向こうから女の子たちが四、五人、急いで駆けてくるのとすれちがう。

おや、と思いながら見ると、小舎人童や下男と見えるものたちが、なにか立派な小箱をうやうやしく捧げ持ったり、手紙を袖の上にのせて運んだりして慌ただしく行き来している邸《やしき》がある。これからなにかあるのかな。なんの準備だろうか。知りたくなった蔵人の少将は、そっとしのびこんだ。

1　はかまの一種。裾のまわりに通した紐を縛り、くるぶしの上に持ち上げてくる。色、文様などは身分や年齢によって異なる。（136ページの図参照）

指貫

　生い茂ったすすきの中にこっそり立っていると、向こうから、八、九歳くらいのかわいらしい女の子が走ってくる。薄紫の袙《あこめ》に紅梅色の着物を着崩した感じで着ている。よく見ると、小さな貝が入った瑠璃《るり》色の壺《つぼ》を持っている。かわいいな、と思って眺める。そのとき、女の子は、少将の直衣《のうし》の袖がすすきの中からはみ出しているのを見つけた。

「あ、こんなところに人がいる」

「しーっ。静かに。お伝えしたいことがあってね、こっそりここへ来たんです。ちょっと、こっち来てよ」

「ええ、でも、明日のことが気になって。行かなくちゃ」

　女の子は、早口で答えて立ち去ろうとする。少将は、明日のことってなんだろう、と気になった。

「何がそんなに忙しいの？　もし、私を頼りにしてくれるなら力を貸しますよ」

　それを聞いた女の子は、ぴたりと足をとめる。

「ここの姫さまと、本妻のお嬢さんの姫さまが、貝合わせ[2]をすることになっているんです。それで、ずいぶん前から、あちこちに頼んで、いっしょうけんめい貝を集めているんです。今回の競争相手の姫君には、大輔《たいふ》の君や侍従の君という女房たちがついていて、すごく熱心に貝を探しているらしいんです。それなのに、ここの姫さまの味方になってくれる人っていえば、弟君だけなんです。これでは、もうどうにもならないので、いまから、私が姫さまの姉君のところへ、協力のお願いに行くところなんです。じゃあ、急いでいますので、これで」

「ちょっと待って。その姫君たちがどんなふうに過ごしているのか、格子の隙間からでいいから、見せてくれないかな」

「え、そんなこと、困りますよ。母に怒られます」

「見たからって、私はぜったい、だれかにいったりしません。口は堅いんだ。こちらの姫君を、貝合わせで勝たせてあげるか、あげないか、それは私の気持ちしだいってことですよ。どうする?」

「じゃあ、まだ帰らないでください。隠れる場所を作ってあげますから。他の人たちが起きてこないうちに。どうぞ、こちらへ」

女の子はそういって、西の妻戸に屏風《びょうぶ》をたたんで置いてあるところに、少将を隠してくれた。

朝になり、あたりはだんだん明るくなっていく。どうしよう、このままでは、と少将は思った。あんな小さい子に頼んで、ここに隠れたはいいけど、もし見つかったらまずいな。そう気にしながら、のぞき見る。

十四、五歳くらいの女の子たちが十二、三人ほど見える。さらに、もっとおさない、さっきの子と同じくらいの女の子たちもいる。それぞれ、貝を入れた小箱や蓋などを持って、あちらへ行ったり、こちらへ来たり、慌しくしている。

母屋《もや》の簾《すだれ》に添えるようにして立てられた几帳《きちょう》の裾を持ち上げて、そこから体を差し出している人――。十三歳くらいだろうか。額髪《ひたいがみ》の感じも、その他のすべても、この世のものとは思えないほどかわいい。萩襲《はぎがさね》[4]の袿《うちぎ》、その上には紫苑《しおん》[5]色の着物などを重ねて着ている。頬づえをついて、悲しそうにしている。少将は、どうしたんだろ

---

2 この物語の貝合わせは、貝の珍しさや美しさを競うもので、二枚貝の裏に描かれた絵を当てる貝覆《かいおお》いとは異なる。（貝覆いも後に貝合わせと呼ばれるようになった。）

3 寝殿造りの建物の四隅にある、出入り口の戸。両開きの板戸。

4 表は蘇芳《すおう》（濃い赤色）、裏は青。

5 表は薄紫、裏は青。もしくは裏が蘇芳。あるいは、表は蘇芳で裏は萌黄《もえぎ》ともいわれる。

う、と気がかりに思いながら、姫君の様子を眺めていた。

　そこに、十歳くらいの男の子が現れた。朽葉《くちば》色[6]の狩衣《かりぎぬ》に、藍紫の指貫を着崩した感じで身につけている。その子は、同じくらいの年齢と見える男の子に、硯箱《すずりばこ》よりは小さい紫檀《したん》の箱を持たせている。その美しい箱には、それはそれはきれいな貝が入っている。男の子は、姫君に貝を見せて報告した。

「貝があるかもしれないところで、思いつくところは全部、行ってきました。承香《そぎょう》殿《でん》の女御さまのところにも行ったのですが、そうしたら、これをくださいました。でも、侍従の君がいうんです。大輔の君は、藤壺の女御さまからも、たくさんの貝をいただいたって。あちらの姫君は、つてのあるところをすっかり探して、いろいろと手に入れることができたらしいです。これでは、この勝負、お姉さまはいったいどうなさるんだろうと、ここに来る途中でも、心配で、心配で……」

　男の子は急いで来たのか、顔を赤くして、そう伝えた。これを聞いて、姫君はいっそう心ぼそくなる。

「貝合わせをしようなんて、いい出したのがまずかったわね。まさか、ここまでのことになるなんて、思わなかったの。あちらの姫君のところでは、そんなに大騒ぎして貝を探しているのね」

「ええ、もちろん。あちらの姫君の母上は、内大臣さまの奥方にまでお願いされたそうです。ああ、こんな場合に、私たちにも、お母さまがいてくださったら。そうしたら、こんな困ったことにはならなかったのに……」

男の子は、いまにも泣き出しそうだ。少将は隠れたまま、心を惹かれて眺めていた。そうしているうちに、さっき少将を隠してくれた女の子がまた現れた。

「いま、東の対[7]の姫君がこちらへいらっしゃいます。貝を隠してください、はやく」

慌てて、人々は貝を納戸《なんど》に隠す。何も知らないふりをして、みんなが座っていると、ここの姫君より少し年上らしい姫君が現れた。着物の襲《かさね》が、山吹、紅梅、薄朽葉などの取り合わせなのが、すごくおかしい。着こなしもまずい。髪だけはきれいだけれど、でも、長さは背丈ほどもない。ここの姫君と比べると、かなり不細工。

「弟さんが持っていらした貝は？　どこにあるの？　貝をわざわざ探したりはしない

6　表は山吹、裏は黄。
7　寝殿造りで、主殿の東方にある対の屋。

と、こちらには思わせておいて、ちゃっかり探すなんて、ひどいね。私のほうは全然持っていないんだから、よさそうなのを少しくらい分けてくれてもいいでしょう?」

得意そうに、そんなことをいう。少将は、いやな子だと思う。それで、なんとかこの姫君を勝たせたい、と思いはじめる。

ここの姫は、なにも知らないふりをして答える。

「私のほうだって、わざわざ、いろんなところに聞いて探したりはしていないのに。なんで?」

そんなふうに答える様子がかわいい。東の対の姫君は、あたりをぐるりと見回すと、帰っていった。

さっき、この場所に隠してくれた女の子と同じような年格好の侍女たちが、三、四人ほど一緒に、少将の隠れている戸の方を向いて、お祈りする。

「うちの母上がいつも読んでいる観音経。どうか、私のご主人が貝合わせで負けませんように」

みんな真剣に祈っている。その顔つきがかわいらしい。さっきの女の子が、そこに少将が隠れていることをばらさないかと心配になる。けれど、しばらくすると、その子は向こうの方へ走り去った。少将は、かぼそい声で歌を詠む。

かひなしとなになげくらむ白波も君がかたには心よせてむ[8]

（観音さまに祈っても甲斐がないと、そして貝がないと、なんで嘆くことがあるでしょう。盗人のようにこっそり隠れている私も、あなたたちにきっと心を寄せますよ。祈る甲斐はあります。）

それを聞きつけた侍女たちは、口々にいった。

「いま、なにか声が。聞いた？」

「だれもいないのに」

「観音さまよ！」

「うれしい、姫君にお伝えしましょう！」

8　白波に盗賊、甲斐に貝、方に潟を掛ける。貝・白波・潟・寄すは縁語。

そんなことをいいながらも、恐くなったのだろう、みんな一緒に奥の方へ走っていってしまった。やめておけばいいのに、こんなつまらないことをして、ここに隠れていることがばれるかもしれない。そう思うと、どきどきしてくる。

一方、女の子たちは、この驚くべき出来事を姫君に報告した。お祈りしたら、仏さまがこうおっしゃった、と。それを聞いて、姫君はうれしそうに答える。

「本当に？　ありがたくて、恐いくらいね！」

頬づえをつくのをやめて、そう答える目元は、ほんのりと赤らんで、とてもきれいだ。

「この天井から、ひゅっと、貝が落ちてきたりしてね」

「そんなことになったら、それこそ仏さまの功徳《くどく》ね」

みんなでいろいろと語り合う。

少将は考える。早く帰宅して、貝を用意したい。そして、ここの姫君を勝たせたい。でも、昼間のあいだは、この隠れ場所から出られない。見つかるかもしれないから。夜まで待つしかない。少将は隠れたまま、あたりの様子などを眺めて過ごした。やがて夕霧が立つと、それに紛れて、そっと出ていった。

少将は、すごく立派な洲浜《すはま》9を用意させた。海辺を表わすふちの部分が、三回曲がっているような、凝ったものだ。真ん中の空洞のところに、豪華な小箱を置く。小箱の中には、いろいろな貝をどっさり入れた。洲浜の表には、金銀の蒔絵《まきえ》で、蛤《はまぐり》やうつせ貝などを隙間なく飾った。そして、とても小さな字でこう書いた。

しらなみに心を寄せて立ちよらばかひなきならぬ心よせなむ

（盗人みたいにこっそり忍びこんでいる私ですけど、もし頼りにしてくれるなら、甲斐のある味方になりますよ。ここに貝があるように。）

そんな歌を書いて、洲浜に結びつけ、従者に持たせると、出かけた。まだ朝早い。門のあたりにたたずんでいると、ちょうど、昨日の女の子が走って出てきた。

9　饗宴などの飾り物。洲と浜を模した盤上に、木、石、花、鳥などの景物を並べたもの。（146ページの図参照）

洲浜

少将はうれしくなった。

「ほら、ちゃんと持ってきましたよ、見て」

ふところから、きれいな小箱を出して、女の子に渡す。

「この洲浜ね、だれからの贈り物だって知らせないで、うちのお供の者に、どこかにそっと置かせてください。で、どんなことになるか、こっそりのぞかせてくださいよ」

女の子はすごく喜んで、答える。

「昨日の戸口ね。あそこは、今日はだれもいないから」

それだけいうと、女の子は奥に入ってしまった。

少将は、洲浜をお供の者に持たせて、母屋の南の欄干《らんかん》のところに置かせた。そして、昨日の隠れ場所にふたたび入りこんだ。

そっと見ていると、同じくらいの年格好の女の子たちが二十人ほど、音を立てて格子を上げた。すぐに洲浜を見つける。

「なにこれ、不思議！」

「だれからだろう？」

「だれかな？」

「こんなことをする人なんて、いないでしょ。やっぱり、昨日の仏さまがしてくださったんじゃない？」

「なんてありがたいこと！」

喜んで騒ぎ立て、盛り上がる。

少将は面白くなって、隠れたまま、しばらく見ていた。

「貝あわせ」を読むために

少年少女、まだ大人にならない人たちをめぐる、かわいらしい物語だ。長月、つまり陰暦九月の有明の月に誘われ、忍び歩きに出た蔵人の少将は、女の子たちや小舎人童たちが慌しく出入りする邸を通りかかり、興味をひかれる。なにかの準備でもしているのだろうかと、様子をうかがっていると、そこへ八歳か九歳くらいの女の子が現れる。この女の子から、もうすぐその邸の姫君と別の邸の姫君が〈貝合わせ〉をするので、その準備で忙しいのだ、と聞かされる。

少将は、姫君たちのいる場所をこっそりのぞかせてくれないか、と頼む。〈貝合わせ〉の件できっと力になるという約束と引き換えに、女の子はこの頼みを聞き入れ、少将に隠れ場所を与える。そこから見える、邸に仕える女の子たちの様子は、髪の美しさや着物の色などの具体的な描写をまじえて綴《つづ》られる。

この邸の姫君の年齢は、十三歳くらいだと書かれている。読んでいると、こちらもこっそりとそれを垣間見《かいまみ》ている気がしてくるほどだ。

十歳くらいの少年が現れる。姫君の弟だという。貝を用意するために、この弟はあちらこちら、心当たりの場所はすべて訪ねて探した。けれど、競争相手の姫君には、とても強力なつてがあって、これでは負けてしまうのではないかと、弟は心配している。競争相手の姫君の母も、いろいろと協力しているらしい。ところが、こちらの姫君と弟には母がいない。もし母がいればこんなことにはならないのに、と涙をこぼす。親をなくして心ぼそい立場に置かれている子どもたちなのだ。たとえば『落窪《おちくぼ》物語』など、「継子《ままこ》いじめ」は繰り返し見られる物語のパターンの一つ。少将は、子どもたちの様子を見守る。

そこに現れるのが、競争相手の姫君だ。二人の姫君は、母の違う姉妹。こちらの準備の様子をうかがいに来たのだ。その場にいた人たちは、急いで貝を隠す。そして、そ知らぬ顔で、姫君を迎える。やって来た姫君は、自分のほうではあまりいい貝を集められないので分けてほしい、という。ほんとうは、あらゆる手をつくして立派な貝を集めているのに。外見も、あまりよくない。着物の色の取り合わせも変だし、着こなしも悪いし、髪の長さもそれほど魅力的ではない。

のぞき見ている少将は、ぜひこちらの姫君の味方につこう、と思い定める。こちらの姫君も、負けてはいない。自分はなにも知らないという態度をとって、そんなにあちこち貝を探し求めたりはしていない、と応じる。少女たちの対抗心が、臨場感のある筆致で描かれていて、面白い。それぞれが、ほんとうは懸命に貝を集めているのに、本心は伏せて微塵も見せない。

侍女たちは、少将が隠れているあたりへ向かって、祈りを捧げる。ひそんでいることがばれるのではないかと、気が気でない少将だけれど、幸い、隠れ場を提供してくれた女の子は黙っていてくれる。〈貝合わせ〉に協力するという大事な約束があるのだから、女の子のほうも急に裏切ったりはしない。少将は、侍女たちに向かって、細い声で伝える。祈る甲斐はありますよ、と。これはもちろん、貝はあるという意味と重ねられているのだ。侍女たちはびっくり仰天。いまの声は観音さまに違いない、と姫君に報告する。

侍女たちは疑いもせずに、観音さまのご加護を信じる。頼れる相手はもう観音さましかいない、という状態であることも表わしているだろう。現実の状況としては、競争相手の姫君のほうがずっと有利なことはわかっているのだから。「この天井から、ひゅっと、貝が落ちてきたりしてね」。「そんなことになったら、それこそ仏さまの功徳ね」。姫君のもとに集まる侍女たちのこうした会話が、この物語を血のかよったものにしている。少将とともに部屋の様子をのぞいている気持ちになってくるし、この子たちの味方をしたくなってくる。隠れたまま、そっと声を発する少将のすがたを思い描くと、なんだかおかしい。こっそり忍びこんだうえに、いたずらをしているようだけれど、〈貝合わせ〉に協力する気持ちは一段と増すばかり。もし、見つかったら終わりだけれど、物語はこの少将にも味方する。楽しく読み進められる。

さて、だれにも見つからずに隠れ場から出て帰宅した少将。それは見事な洲浜を用意する。洲浜とは、海辺のかたちに作った飾り物のこと。そこに、たくさんのさまざまな貝を入れたすばらしい小箱を置いて、小さな文字で歌も添えて、届ける。昨日の女の子が走ってくる。約束は守られたのだ。

少将のお供の者が、こっそりと洲浜を運んで、廊下の欄干のあたりに置く。

まもなく二十人ほどの女の子たちが、いつのまにか出現した洲浜を見つけて騒ぎはじめる。「だれからだろう?」。「やっぱり、昨日の仏さまがしてくださったんじゃない?」。「なんてありがたいこと!」。うれしさでいっぱいになっている女の子たちの様子が描かれる。前日と同じ隠れ場から、少将はそれをのぞき見る。喜んで騒いでいる様子が面白く、楽しいので、しばらくそうして眺めている、というところでこの物語は閉じられる。

こうして、こっそり贈り物を届けた少将の心もまた喜びで満たされたことだろう。観音さまだと思われる場面などに、やさしさのあるユーモアが感じられる物語だ。全体に潑剌《はつらつ》とした雰囲気がみなぎっていて、明るい結末が楽しい余韻をひろげる。

あれ、と気づく。〈貝合わせ〉そのものの場面が描かれていないことに。書かれているのは、準備にまつわる物語だけだ。「越えられない坂」の〈菖蒲の根合わせ〉のような描かれ方はしていない。だからこそ、読者あるいはこの物語の聞き手は、はじまりそうでいつまでもはじまりはしない〈貝合わせ〉への期待感を、持ちつづけることになるのだろう。

この物語がもたらす余韻のふくらみ。これはいったいなんだろうと思ったが、もしかすると、はじまりそうではじまらない出来事に包まれる楽しさなのかもしれない。

思いがけない一夜

思わぬ方にとまりする少将

昔の物語などにあるような、前世での深い縁がせつないほどに感じられた事件について語ろう。いま、あの出来事を、じっと胸によみがえらせる。思い返せば、あれからずいぶん時間が経ったものだ。

ある大納言に、二人の娘がいた。

物語に登場するお姫さまみたいに、二人はさまざまな点ですばらしく成長された。父上の大納言と母上が亡くなった後も、そのまま邸《やしき》に住んで、頼りにできる人もいないまま、心ぼそい暮らしを送っていた。悩みの多い日々。相談できる乳母《めのと》のような人もいない。

二人のそばには、侍従と弁《べん》と呼ばれる侍女だけがお仕えしていた。年月が経つにつれて、この姫君たちの存在は、しだいに世間からも忘れられがちになった。

そのうちに、右大将[1]の子息である少将が、どこかでつてを得て熱烈に言い寄るようになった。そのようにされても、恋愛や男女の仲についてなど、よく知らない姫君たちのこと、返事もせずに過ごしていた。ところが、恋愛がらみのことが好きな少納言の君という侍女がいて、少将の手引きをすることになる。

ある夜、突然、少将を案内して、お二人の寝所に忍びこませてしまったのだ。

少将はもともと、姉君のことが好きだった。それで、さっとかき抱いて、御帳《みちょう》の中へ入ってしまった。姉君は驚いたけれど、なすすべもなく、そのまま深い仲となってしまった。想像していた以上に、きれいでかわいい姉君。少将はうれしくて、それから、こっそり通うようになった。

けれど、それを知った少将の父上である右大将は、息子に苦言を呈した。相手の身分などには不足はないが、どうして、あえてそんな頼りない暮らしぶりの女のところに通うんだ、と。そう厳しく注意され、少将は女のところへ行きにくくなった。

一方、姉君のほうは、はじめのうちは、そう簡単に少将を受け入れる気持ちにはなれなかった。けれど、しだいに、きっとこれは前世からの縁だったのだ、と思うよう

1　右近衛府《うこんえふ》の長官。右近衛大将の略。大臣や大納言・中納言が兼官する。この物語ではその子である少将が男君のうちの一人。

になった。

だんだんに打ちとけるようになる姉君。ますますかわいい、と少将は思うようになる。二人で寝過ごし、昼近くになって目を覚ますときなど、そっと姉君の顔を見ると、気品があって可憐だ。胸が苦しくなるほどの美しさ。

姉君は、思い悩むことが多くなった。ふだん、訪問する者もほとんどいない邸だ。少将の気もちを、あてにもできず、この関係はいつまで続くんだろう、と気もちが沈む。四、五日、少将が来ないと、すっかり落ちこんでしまう。やっぱり、と不安になって、着物の袖を涙で濡らす。我ながらいつのまにこんな物思いをするようになったんだろう、と身にしみて、どうしようもない。

人ごころ秋のしるしの悲しきにかれゆくほどのけしきなりけり

（秋が来て草木が枯れれば悲しくなるけれど、あなたが私に飽きてしまったことがわかります。あなたが離れていくのが見えるのです。）

どうして、こんなことを手習いの際に書くようになってしまったのかと、姉君は嘆く。夜がふけていくと、ちょっとだけ眠るつもりで、御帳の前に横たわった。

少将は、宮中からの帰り、姉君の邸を訪れた。

門をたたく。侍女たちは目を覚ます。そして、姉君と一緒にお休みになっていた妹君を、別の部屋へ連れていく。姉君だけになったところへ、少将は入りこむ。

少将は、父の大将に、無理に誘われてお参りに出かけた長谷のことなど、さまざまに語った。ふと、そこに置かれたままになっていた手習いの字に気づいて、ごらんになる。書かれていた言葉に応えて、少将はこう記す。


ときわなる軒のしのぶを知らずしてかれゆく秋のけしきとや思ふ

(軒に生えているしのぶ草のように緑のままの私の心は、枯れてなどいない。それなのに、飽きて離れていくなどと思うのは、ひどい誤解ですよ。)

そんな歌を書いて、姉君に見せる。姉君は恥ずかしがって、袖で顔を隠した。子どもみたいで、かわいらしい。

　さて、そんなふうに暮らしているうちに、妹君の乳母《めのと》が亡くなった。乳母だった人には、娘がいた。娘は、右大将の子息である少将の乳母子《めのとご》（乳母の子）にあたる人、つまり左衛門の尉《じょう》[2]の妻になっていた。

　この妻が、夫に向かってこう語った。あの邸の妹君は、すごい美人よ、と。それを聞いて、夫は、自分の主人である右大臣の少将に伝えた。あそこの邸の妹君は、どういう人で、どんなに美人であるかを。

　右大臣の少将は、正妻に対して愛情が薄かった。あちこちで恋愛をしている男だった。さっそく、噂に聞いた妹君に手紙を書く。熱心に言い寄ったけれど、妹君は、そんな恋愛は少しもよいこととは思わなかった。事情を知って、姉君も心配する。

「私が、こんなあてにならない状態に陥っているのに、このうえ妹までもそんな不安な状態になったら、どうすればいいの。ましてや、相手には奥さんがいらっしゃるんだから……」

　そんなことを語る様子はしみじみと悲しい。妹君を心配して、姉らしくしているけれど、年齢はまだ二十歳を一つ越えたくらいだ。妹君はそれより三つほど年下だろうか。頼りにできる大人が周囲にいなくて、二人とも、まったく心ぼそい。

姉君が太秦《うずまさ》に参籠《さんろう》なさって、留守にされたときのこと。邸にいるのは妹君だけだと知らされた右大臣の少将は、この機会を逃さず、左衛門の尉の妻の手引きでそこを訪れた。そして、あっというまに、妹君の部屋に入ってしまったのだった。

後からそれを知った姉君は、驚き、悲しんだ。自分はもう仕方ないとしても、妹だけでも、まともな結婚をさせたいと思っていたのに、まさかこんなことになるとは。二人ともこんなにあやふやな状態に陥っては、世間がどう見るだろうか。亡くなった両親も、どう思うだろうか。まったく恥ずかしくて、こんなことになってしまうような前世の因縁についても、思えば思うほど、なさけない気もちになるばかりだ。とはいっても、もはやどうしようもない。姉君は、妹君のことをあれこれと世話した。

右大臣の少将は、妹君をかわいいと思っていた。でも、正妻の父である按察使《あぜち》の大納言がどう思うかを気にする父上から、いろいろと忠告される。そうなると、姉君の夫である少将と比べても、邸を訪れる機会はさらに少なくなる。

2 左衛門府の三等官。左衛門府は、右衛門府とともに宮中の諸門を警護した武官の役所。

右大臣の妹が、右大将の妻にあたる。つまり、右大将の少将の母ということだ。二人の少将は、従兄弟《いとこ》の関係。日頃から親しくしているので、互いに、別の妻を隠していることなども知っている。

右大臣の少将は、按察使の大納言の婿となって三年が経つ。けれど、妻に対してはあまり愛情を持っていなくて、あちこちで恋愛をしている。どちらの少将の父も、それぞれ、息子が浮かれ歩いていることを厳しくとがめていた。それで、出かけていくことが難しいときは、迎えをやって、姫君たちを右大将の邸に来させることもあった。女のほうから出かけるなんて普通はありえないので、姫君たちは、ますます軽く見られそうなそんな状態を悲しく思うのだった。

「そうはいっても、少将さまたちのおっしゃることに、そむくのもよくないでしょう」

そんなふうに、ものがわかっているそぶりをして助言する侍女などもいるので、姫君たちは、相手から呼ばれるままに出かけていくこともある。

右大臣の少将は、叔母にあたる右大将の奥さまが体調を崩されたので、お見舞いに行くと見せて、いつものように右大将の邸に泊まった。来客も多かったけれど、こっそり、姫君を呼ぶための迎えの車を出すことにした。

いつも、こうした役目をする左衛門の尉《じょう》がいない。そこで、代わりに、別の男に命じて、そっと迎えの車を出した。大将殿の奥さまがご病気でいろいろと忙しいときなので、手紙は差し上げない、と伝言も託された。

夜がふけてから、使いの男は姫君の邸に着いた。

「少将さまのところから参りました。参りましょう」

姉君にお仕えしている侍従の君という侍女は、少将さま、と聞いて、姉君と妹君のどちらの相手の少将さまなのか、確かめなかった。寝ぼけていたし、こういう迎えはいままでもあったからだ。

姉君は、手紙もないのね、と不審に思う。体調がよくないので行かれませんと伝えて、と仰る。

妻戸が開けられて、使いの者が呼ばれる。侍女が、手紙もないのはどうしてでしょう、と訊ねる。姫さまは風邪ぎみでお休みになっていますから、今夜は無理です、と伝える。

すると、使いの者は、こう答える。

「大将さまの奥さまが、ひどい風邪にかかられていて、いろいろと忙しくて、手紙を差し上げられないと伝えるように、とのことでした。それに、いつもこの役目をしている者が、あいにく今晩はいなかったので、代わりに参りました。姫さまをお連れしないで帰ったら、少将さまから叱られます……」

これを聞いた侍従の君は、そういうことなら、と姉君のところへ行って、お伝えした。姉君は、人のいうことに素直に従う性格だった。なつかしい香りが染みこんでいる薄紫の着物に、香をいっそう強く薫《た》きしめると、迎えの車に乗った。侍従の君が、お供をして、一緒に乗りこんだ。

右大将邸に到着して、車を玄関につけた。

車からおりるのに手をかしてくれる人が、まさか恋人とは別の男だとは、どうして気がつくだろうか。とても親しげな態度や人あたりのいい感じなどが、恋人である少将と似ていたのだ。

しばらくして、だんだん、これはなんだかおかしい、と感じはじめる。別人だと、はっきり知ったときの驚きといったらない。混乱して、とても現実だと思えない。以前、恋人の少将がいきなり部屋に忍びこんできたときも、あまりに急なことでまるで現実とは思えなかった。けれど、あのときの驚きよりも、さらに恐ろしい出来事だ。こわくて、こわくて、着物をかぶってしまう。

お供としてついて来た侍従の君も呆然とする。

「どういうことでしょうか？　とんでもない、あってはならないことです！　車を呼んで、すぐ帰らなくては……」

侍従の君は取り乱して、なんとか止めようとする。けれど、女好きの右大臣の少将が、いわれるままに帰すはずがない。侍従の君は、まさか二人のところに入って引き離すことまではできないので、無力なまま、おとなしく几帳《きちょう》の後ろにひかえているしかないのだった。

右大臣の少将は、以前からこの姉君のことを美しい人だと思っていたのか、うれしくてたまらない。相手が泣いて落ちこんでいるのは、もっともなことだと思いながらも、なれなれしく迫る。以前から、いつかはこうなればいいと願っていたかのように見せかけて、あれこれと語りかけ、口説いた。

想像もしなかった相手と結ばれてしまい、姉君は、死にたいと思う。死ぬほど悲しい。こんななりゆきで出来た関係だけれど、女好きの男にとっては、深く心を動かされるものなのか、右大臣の少将は相手をかわいくてたまらないと思った。

なんということだろう。

もう一人の少将、つまり右大将の少将も、風邪だった母上の具合がいくらかよくなったと見えて、自分の恋人である姉君を訪ねることにした。とはいえ、母上が急に自分を呼ぶこともあるかもしれないと懸念して、恋人のもとへ迎えの車を出した。

この少将は、これまでも、そういうときに手紙を書くとは限らない人だった。今夜も、手紙は託さないまま、迎えの車を出かけさせる。その役目を引き受けたのは、いつもお迎えに行く清季《きよすえ》という者だった。

相手の邸に着くと、お迎えの車が来ました、と伝える。

邸では、取りついだ者が、姉君はもう出かけた後なので、これは当然、妹君のことだと思った。それを聞いて、妹君は、ずいぶん急だとは思ったけれど、若いせいか、あまり深くは考えない。侍女たちが手伝って着替えさせると、迎えの車に乗りこんで慌ただしく出かけた。

車寄せのところに到着する。

そこにいらっしゃったのは、妹君の恋人ではない。右大将の少将だ。口をきいた瞬間、別人だとわかった。お供として一緒に来た弁の君という侍女は、驚く。

「これはどうしたんでしょう、たいへん！」

それを聞いて、少将のほうも、相手の女が別人であることがわかった。

ふだんから、だれもが見たいと思うほどの美人だとうわさに聞いていた妹君だ。少将は、以前から、自分も心を寄せていると知らせるだけは知らせたい、と思っていたのだ。そんな相手が、どういうわけか、こうして目の前に現れた。

「相手が違うからといって、そんなに、よそよそしくしなくてもいいでしょう」

そういって、車から抱きおろす。お供の弁の君は、どうしたらいいのやら、どうすることもできない。かといって、妹君を見捨てることなどできない。弁の君も一緒に車からおりる。妹君はふるえているばかりで、動けない。弁の君は、妹君のそばでその袖をしっかりとつかまえている。でも、少将はそんなことなど、なんとも思わない。

「こうなったのも、前世からの因縁だと思ってください。悪いようにはしませんから」

少将はそういって、几帳を隔てた。

弁の君は、どうすることもできずに泣く。少将は、この思いがけない関係をしみじみと感じて、歓んだ。

姉君と妹君、それぞれが邸に帰る夜明けごろ。男たちは、歌を詠んでこの別れを惜しんだ。どんな歌なのかは、聞きもらしてしまったので、ここには書けない。

男も女も、四人とも思うことがあったけれど、とくに男たちは、胸のつまる思いだった。だからといって、新たな相手への気もちがどんなに深くても、元の相手への愛情がないわけではないのだ。いずれも、限りない。それで苦しい。

右大臣の少将より、と妹君のもとに手紙が届く。

じつは、昨夜の相手である右大将の少将からだ。他人にばれないように、そう書いたのだ。妹君は、昨夜の事件のせいで起き上がることもできずにいる。でも、読まずにいるのは人から変に思われるので、弁の君が開いて、お見せした。


思はずにわが手になるる梓弓《あずさゆみ》ふかきちぎりのひけばなりけり

（思いがけなく、私に慣れ、私のものになったあなた。前世からの因縁が引いた弓だから、気に病むことはありません。）

読んでも、妹君は少しもうれしい気もちにはなれない。人目のあることなので、弁の君が考えて、なにも知らない顔をして返事を書き、包んで贈った。

一方、姉君のもとにも、少将さまからの手紙が届く。

少将といっても、右大将の少将からではなく、じつは昨夜の相手である右大臣の少将だ。侍従の君は、胸をどきどきさせながら、手紙をさし出す。


浅からぬちぎりなればぞ涙川同じ流れに袖ぬらすらむ

（前世からの浅くはない因縁だから、こうなったのです。妹君と同じ血縁のあなたに恋心を抱くなんて、つらくて、涙を流すのです。）


こんなふうに、姉妹それぞれに、昨夜の相手から手紙が届いたのだった。

男たちは、姉妹のどちらに対しても、簡単な挨拶だけで済ませることはできないのだろう。姉君も、妹君も、同じように苦しんでいるのが気の毒だと、この物語の原本に書かれている。

どちらの相手に対しても、それぞれに愛情が深かった少将たちの気もちは、その後、どうなったのか。知りたいものだ。

それぞれ、とはいうものの、取り違えによって生じた恋愛の相手に対しては、やはり強く惹かれただろう。

けれど、時間をかけて親しくなり、なじんできた元の相手に対する気もちが、それに劣るなんてことがあるだろうか。ないだろう、たぶん。

この物語が書かれている本にも「原本のまま書き写した」とある。

「思いがけない一夜」を読むために

児童向けに編まれた古典シリーズの『堤中納言物語』などを見ると、収録されていないのがこの物語。恋人を取り違えて寝所に入りこむ男たち。「越えられない坂」に登場する中納言が、好きな姫君のもとへ忍びこむチャンスを得ながらも、相手に無理強いはできないまま夜明けを迎えるのとは異なり、この物語の男たちは強引に姫君たちを手に入れる。

あるところに、両親をなくした後、頼りない境遇に育った姉妹がいる。美しい姫君たちだけれど、心ぼそい暮らしで、世間からも忘れられていく。姉妹は、男女の間柄や恋愛のことなどよくわからない。零落した境遇なので、華やかな出来事からは遠ざかった、ひっそりとした暮らしということだろう。

とはいえ、きれいな姫君たちのいる邸。その噂を聞きつける者はいる。そのうちに、右大将の子息である少将が、熱心に言い寄るようになる。姫君たちは、手紙が届いても、どうしたらいいのかよくわからないので、返信もせずに放置する。

とうとう、ある侍女の手引きによって、少将は邸へ忍びこむ。そして、あっというまに姉君を手に入れる。驚いているうちに、なすすべもなく、相手の意のままにされてしまう。王朝物語にはたびたび出てくる展開だ。当初はこの関係にショックを受けた姉君だけれど、何度も少将と逢ううちに、これはきっと前世からの縁なのだと思って、受け入れるようになる。

前世の因縁。この考え方が、不測の事態も罪と罰も、あるいは矛盾も、飲みこんでしまう。前世からの約束だといわれれば、黙るしかない。

好意をもっていたわけではない少将に、好意を抱くようになる。すると今度は、あまり訪ねて来てくれないことが悩みとなる。四、五日来ないと落ちこむ、と時間的な記述も具体的だ。女のほうが、あなたは私に飽きたのね、という歌を詠めば、男は、それはひどい誤解だよ、と返す。この返歌を目にした女は恥ずかしそうにする。その様子がかわいらしい、と書かれているけれど、万事に受け身で控えめな姉君の性格が表われている。

さて、ここで妹君の乳母の娘が登場する。娘の夫は、左衛門の尉。この男は右大臣の少将の乳母子。近しい関係ということだ。人間関係が多少ややこしいけれど、妻から妹君の美しさの評判を聞かされた左衛門の尉は、自分の主人である右大臣の少将にそれを伝える。右大将の少将と、右大臣の少将は、従兄弟の関係だ。これもちょっと把握しにくいけれど、ともかく親しく行き来している親戚どうし。

右大臣の少将は、妹君に言い寄る。姉君の悩みの種が増える。自分がこんなに頼りない状態なのに、妹までもそうなってしまったら、と心配でならない。ところが、姉君の留守中に邸を訪れて、右大臣の少将は妹君を手に入れてしまう。これもまた前世の因縁。

右大臣の少将は、すでに按察使の大納言の婿となっている。だから、新しく関係のできた妹君のところへ通うにも、妻の父の目を気にしないわけにはいかない。そこで、なにかと理由をつけて右大将の邸へ出かけ、その邸に妹君を来させる。右大将の少将も、父から新たな関係をよく思われていないので、自分が出かけられないときは迎えの車を出して姉君を呼び寄せる。

そんなふうに、自分たちのほうから男のもとへ出かけて行かなければならない状態を、姉妹は情けなく思っている。でも、呼ばれれば、出かけないわけにもいかない。まったく悩ましい立場に置かれている姫君たちだ。

二人の少将。いずれも、少将なのだ。これが重大な勘違いを引き起こす。

ある夜のこと。姉妹の邸に迎えの車が到着する。姉君に仕える侍女が、少将さまのところから来たと聞いて、それは右大将の少将だと勘違いする。なんの疑いも抱かず、呼ばれたのは自分の主人である姉君だと思ってしまうのだ。実際は、右大臣の少将が妹君を呼ぼうとして出した車なのに。

邸に着いた姉君は、これはおかしいと気づくが、もう遅い。親しげな態度や人あたりのいい感じなどが似ているからすぐにはわからなかった、というふうに書かれている二人の少将は、先述したように親戚どうし。従兄弟なのだ。似ていてもおかしくはない。姉君について来た侍女も驚き、慌てるが、こうなってはもう止められない。妹君の相手と強引に結ばれてしまった姉君は、死にたくなる。右大臣の少将は、美人の姉ともいつかこうなることを望んでいたらしく、うれしくてたまらない。

　一方、姉妹の邸には次の車が来る。それは右大将の少将が姉君を迎えるために出した車だった。けれど、姉君はもう出かけた後。侍女たちは、妹君のための迎えだと思って疑いもしない。妹君は、邸に着いて、相手と口をきいたとたん、別人だとわかる。ところが、右大将の少将は以前から、この美しい妹に対しても気があった。このチャンスを逃しはしない。車に同乗してきたお供の侍女も、すっかり慌てふためく。侍女は妹君の袖をしっかりつかんで止めようとするけれど、引き離されてしまう。姉君の相手と、強引に結ばれてしまう妹君。

　姉妹はそれぞれ、涙に暮れる。二人の少将から、思いがけない相手へ届けられたそれぞれの手紙には、「ふかきちぎり」「浅からぬちぎり」という言葉がある。前世からの因縁によってこうなったのだ、という意味。

　元の相手と新たな相手、どちらへの気持ちがよりいっそう深いだろうか、と物語の結末には書かれていて、読者あるいは聞き手を誘いこむ。少将たちの気持ちはその後どうなっただろうか、とも記されているけれど、もちろん、これは物語の技巧の一つだ。

　偶然のように生じた事件や関係の背景に、いつも前世の因縁を据えて眺めわたす物語。姫君たちは、どうすればこの煩悶《はんもん》を乗り越えられるだろう。勘違いした侍女を恨んでも、もう遅い。

花のごとき女たち

はなだの女御

そのころのこと、という書き出しではじめるのは、世間によくある物語の真似みたいで、正直、ちょっと恥ずかしい。けれど、これは私が実際に聞いた話だ。身分がよくて、恋愛好きな、ある男をめぐる話。

その男は、気になる女のいるところならどこへでも出かけていくので、世間では名うてのプレイボーイ[1]として知られている。

ある高貴なところで知り合い、恋仲となった女が、近ごろ実家にもどっているといううわさを聞いて、男は、本当かどうか確かめたくなった。そこで、小舎人童《こどねりわらわ》を一人だけ連れて、こっそり出かけた。

その家に着くと、男はおおぜいの女たちが集う部屋に近い透垣《すいがい》のそばの植えこみに隠れて、様子をうかがった。夕暮れ時の、しみじみとした景色。簾《すだれ》が巻き上げられていて、見える。まさか、だれにも見られないだろうと思っているのか、女たちは警戒せずに、すっかりくつろいでいる。それぞれ、思い思いの格好をしている。

眺めていると、やがて、おしゃべりがはじまる。うわさ話をするもの、にぎやかにしゃべるもの、品よくおっとりしているものもいれば、すごくふざけているもののもいる。現代風な、おもしろい女たちの情景だ。

「ごらんなさい、ほら、あっちの植えこみの方を。池の蓮《はちす》の露って、本当に玉みたいね」

だれだろう、とその声の方に目をやる。庭に近いところに座るその女は、濃い紫の単衣《ひとえ》に、紫苑《しおん》色の袿《うちぎ》を重ねて着て、薄紫の裳《も》をつけている。たぶん、いつか、ある人の局《つぼね》で見たことがある女だ。侍女として仕えている、いろいろな年齢の少女たちが、縁側へ出ている。どの少女も、どこかで見たことがある。

「ねえ、みなさん。ごらんなさい、あの蓮の花。どう?」

すると、命婦《みょうぶ》[2]の君が応じる。

「そうだ、私たちが知っている方々、お仕えしている方々に、たとえてみましょうよ、

1　宮廷、後宮、大臣邸などを暗示。

花を。たとえば、あの蓮だけど、あれは私がお仕えしている女院さまに似てると思うの」

一の君がつづける。

「下草にまぎれて咲くりんどうは、ひっそりしたところに咲いていても、立派に見える。一品《いっぽん》[3]の宮さまみたいよ」

二の君がつづける。

「ぎぼうし[4]は、大后の宮さま。似てるわ、ぜったい」

三の君がつづける。

「紫苑《しおん》[5]は、はなやかだから、皇后の宮さま」

四の君がつづける。

「中宮さまは、桔梗《ききょう》。だって中宮さまの父上の大臣は、いつも無量義経《むりょうぎきょう》を読ませて、お祈りされているらしいから。ぎきょうなら、ききょう。この言葉遊び、どう?」

五の君がつづける。

「四条の宮の女御《にょうご》さまは、露草。露草が露のせいで色あせるみたいに、ご自分のことをまったくはかない身だって、女御さまは朝晩おっしゃっていたけど、ほんとうにそうなってしまったの。帝の愛情が衰えて……」

六の君がつづける。

「垣根に咲くなでしこは、承香殿《そうぎょうでん》の女御さま。ぴったりよ」

七の君がつづける。

「刈萱《かるかや》[6]は、弘徽殿《こきでん》の女御さま。あの優雅な、なまめかしさ」

八の君がつづける。

「宣耀殿《せんようでん》の女御さまは、菊。だって、帝の愛情をだれよりも受けていらっしゃるみた

---

2 内命婦・外《げ》命婦があり、前者は本人が五位以上の女官で、後者は五位以上の者の妻である女性。ここでは単に女房に対する呼称。

3 品は親王の位で、一品から四品まである。

4 擬宝珠。ユリ科の多年草。（182ページの写真参照）

5 キク科の多年草。（182ページの写真参照）

6 イネ科の多年草。（「刈萱の」は枕詞で「乱る」「つか（束）」「穂」に掛かる。182ページの写真参照）

ぎぼうし

紫苑

刈萱

いだから」

九の君がつづける。

「麗景殿《れいけいでん》の女御さまは、花すすき。いまにも人を招きそうってこと」

十の君がつづける。

「淑景舎《しげいしゃ》の女御さまは、朝顔かしら。[7]朝顔を昨日の花だって女御さまは、ため息ついてばかりいらしたけれど……。帝の愛情が薄れてしまって」

五節《ごせち》の君がつづける。

「御匣殿《みくしげどの》は、野辺《のべ》の萩ね」

東の対《たい》の方がつづける。

「淑景舎の妹君である三の君は、もの忘れが激しいわけじゃないけど、忘れ草に似ています」

7　「朝顔のきのふの花は枯れずとも人の心をいかが頼まむ」（『古今和歌六帖』）という歌がある。『古今和歌六帖』は平安時代の類題和歌集。六巻六冊。編者・成立年次は未詳。作歌の手引きとして使われたり、本書の題による題詠がおこなわれるなどして、当時の文学にとって重要な書物だった。

いとこの君がつづける。

「その妹の四の君は、香草[8]」

姫君がつづける。

「右大臣の二番目のお嬢さんは、おみなえし。いくら見ていても飽きないおみなえしっていうけど、まさにそんな感じだもの」

西の方がつづける。

「帥《そつ》の宮[9]の奥方は、熊笹」

祖母君がつづける。

「左大臣の姫君は、われもこう。自分だってだれにも劣りはしない（我もこう）っていうお顔だもの」

尼君がつづける。

「賀茂神社に仕えていらっしゃる斎院[10]さまは、五葉の松。常緑の松みたいに、いつもお変わりないから。私は、斎院さまにお仕えしていたから、しばらく仏教から離れていました。それで仏罰を受けないようにと、こんな尼のすがたになってから、もうずいぶん経ちますよ」

北の方がつづける。

「じゃあ、伊勢神宮の斎宮さまは何の花？」

小命婦《こみょうぶ》の君が応じる。

「いい花はみんな出てしまったから……、そうですね、軒端の山すげ[11]は、いかでしょう。私がお仕えしている帥の宮の奥方は、芭蕉葉です」

よめの君がつづける。

「中務《なかつかさ》の宮[12]の奥方は、人を招く尾花」

そんなことを語り合っているうちに、日が暮れる。灯籠《とうろう》に火をともさせる。女たち

8　初夏に咲く多年草。「くさのかう」とも。「くさのかう色変りぬる白露は心おきても思ふべきかな」（『古今六帖』）。（186ページの写真参照）

9　大宰府の長官である宮。正と権がある。弘仁十四年（八二三）以後は多くの親王が任じられたが、実際には赴任せず、権の帥または大弐がその地で政務をとった。

10　平安時代、天皇即位のたびに選ばれ、賀茂神社に奉仕した未婚の皇女または女王。

11　ユリ科の多年草。「山菅の乱れ恋のみせさせつつ言はぬ妹かも年はへつつも」（『古今六帖』）。（186ページの写真参照）

香草

山すげ

は、思い思いにそこらの物に寄りかかり、横になっている。華やかで、美しい光景だ。好き者の男は、しばらくのあいだ、その眺めに見とれていた。

世の中の憂きを知らぬと思ひしにこは日にものはなげかしきかな

（この世の憂いなど知らない身だと思っていたのに、こんな美女たちを目にしては、心乱されて、日に日に物思いに沈みそう。）

命婦の君は、思う。自分がお仕えしている蓮みたいな女院さまにしても、ほかの花にたとえられた方々にしても、だれがとくにまさっているということはない。どなたも、これという欠点はないんだから。そんなことを思うと、こんな歌が生まれた。

12　中務省の長官。四品以上の親王。（中務省は八省の一つ。宮中の政務を統括。侍従の任免、詔勅文案の審査、上表の取り継ぎ、国史の監修、女官の位記・考査などをつかさどった。中務省の官吏は文官だが、帯剣した）。

はちす葉の心広さの思ひにはいづれと分かず露ばかりにも

（蓮みたいな女御さまにお仕えして、蓮の葉みたいに広い心で考えてみれば、だれがどうだと、露ほどの優劣もつけられはしない。どなたも、みんなすてきだから。）

六の君が、なでしこにたとえた承香殿の女御さまについて、はしゃいだ声でつけ加える。なでしこは別名、常夏というけれど、そんなふうにいつも帝の寵愛《ちょうあい》が変わらないのがうれしい、と。そしてこんな歌を詠む。

とこなつに思ひしげしとみな人はいふなでしこと人は知らなむ

（とこなつには嘆きがつきものだと人はいうけれど、永遠に愛情の変わらない、そんななでしこの花だと知ってほしいものだ。）

それにつづけて、七の君が得意そうな顔をして歌を詠む。

刈萱のなまめかしさの姿にはそのなでしこもおとるとぞ聞く

（刈萱のなまめかしい優美さに比べたら、なでしこといえども劣るものだと聞いています。）

そんなことを、まるで競うようにいったので、みんな笑う。つづけて、八の宮が、自分がお仕えする菊のような宣耀殿の女御さまこそ、だれからも陰口をたたかれないような方ですよ、と誇らしげにいう。そして、こう詠う。

植ゑしよりしげりましにし菊の花人におとらで咲きぬべきかな

（植えられたとき、つまり入内《じゅだい》なさったときから、ますます美しくなられた女御さまは、だれにも劣らず栄えられるでしょう。）

すると、九の君は、みんなうらやましいようなことをいうのねといって、次のように詠む。

秋の野のみだれて招く花すすき思はむ方になびかざらめや

（私が花すすきにたとえた麗景殿の女御さまは、帝の愛情も衰えていらっしゃるけれど、でも、もし帝の心がもどれば、またすべてうまくいくと思えるの。）

十の君がつづける。淑景殿の女御さまは、ちょっとしたことで落ちこまれているけれど、どうなのかしら、と心ぼそい様子だ。そして、こう詠む。

朝顔のとくしぼみぬる花なれど明日も咲くはとたのまるるかな

（私がお仕えする女御さまは、もう寵愛を失ってしまっているけれど、朝顔みたいに、明日また咲くかもしれないと、そんな期待をしてしまいます。)

そのとき、みんなの話し声に五の君が目を覚ました。少し横になろうと思ったら、そのまま寝てしまった。みんな、なにを話しているの？　私がお仕えしているところは華やかな場所ではないから、あれこれと心ぼそいですよ。そして、こう詠む。

たのむ人露草ごとに見ゆめれば消えかへりつつなげかるるかな

(私が頼りにしてお仕えしている女御さまは、まるで露草のようなはかなさなので、私はその露みたいに消えそうな気持ちだ。)

五の君は、寝ぼけた声でそう詠んだ。みんな笑う。自分のご主人をおみなえしにたとえた姫君が、すごい暑さだといって、扇を取り出してあおいだ。そして、こういう。ねえ、みんな、早く御所にもどりましょうよ。ご主人さまが恋しくなってきました。つづけて、歌を詠む。

みな人もあかぬ匂ひを女郎花《おみなえし》よそにていとどなげかるるかな

（だれもが見あきないおみなえしの花。そんな右大臣の中の君にお仕えしているので、こうしてしばらくでも離れていると、恋しくなってきます。すてきな人なので。）

夜はすっかりふけた。そのうちに女たちは寝入ってしまった。好き者の男は、その気配を感じて、歌を詠んだ。

秋の野の千草の花によそへつつなど色ごとに見るよしもがな

（秋の野の、さまざまな花のようなあなた方。それぞれに異なる美しさを、なんとか一人一人、試してみることはできないだろうか……。）

「だれだろう、聞きなれない声じゃない？」

「こんな時間に、人間じゃないでしょう。鵺《ぬえ》が鳴いたんじゃない？　鵺が鳴くと縁起悪いっていうけど」

「なんかおもしろい歌だったね。鵺が鳴いたなんて、あんな歌を詠うわけないでしょ」

「ねえ、聞いた？」

女たちは口々にそんなことをいって、ざわめく。その声が、じつはあの好き者の声だと知っていて、思わず笑ってしまう女もいる。しばらくして、しんと静まり返る。

すると、男はまた歌を詠む。


思ふ人見しも聞きしもあまたありておぼめく声はありと知らぬか

（恋しく思うみなさんの中には、お会いしたことのある人も、うわさで聞いている人もいるのに、私のことをだれだかはっきりとは知らないふりをするなんて。私がここにいることが、わかっていないんでしょうか？）

男はそう口ずさんだ。女たちは、あの好き者だ、静かに、などと口々にいって、黙った。そのうちに、男はするりと縁側へ上がりこむ。

「変だな。どうして？　せめて、だれか一人でもいいから、よく来てくれた、といってよ」

けれど、女たちは黙ったままだ。だれも答えようとしない。そうしているうちに、とうとう夜が明けはじめる。

「ぜんぜん知らないという間柄でもないのに、ちゃんと考えてくれないなんて、つめたいですね。いままで、こんな目にあったことはないな。男に対する態度が、なんだか古くさいね。こんなに堅苦しくするなんて」


百《もも》かさねぬれ馴れにたる袖なれどこよひやまさりひちて帰らむ

（何度も涙にぬれることには慣れているこの袖だけれど、今夜はいっそうぬれて帰ることになるだろう。）

そう詠って、去っていこうとする男の気配。そのすがたはきっとすてきだろうなと想像すると、女たちのなかには、いますぐにでも返歌を詠みたいと思う者もいる。でも、おおぜいのなかで自分だけがそんなことをするのもちょっと、と遠慮して、だれも返事をしないのだった。

この女たちは、じつはみんな姉妹だ。そしてその親は、身分の高い人だ。だから、娘たちに宮仕えをさせなくてはならない境遇ではない。それなのに、どういう考え方をしているのか、娘たちをみんな宮仕えに出して、大臣たちや宮さまたちや女御たちのもとに、一人ずつ行かせている。しかも、表向きは姉妹だということは伏せていて、それぞれ、養女ということにしている。

女御たちは、だれもが自分こそ帝の愛情を得るのだと張り合っているのだから、そこに、一つの家の姉妹がばらばらにお仕えしているのは、状況としてはちょっとおかしなことだ。女御たちはそれぞれ、自分に仕える者を信頼しているけれど、それは、まさかみんなが姉妹だと知らないからではないか。

例の好き者の男は、女のいるところならどこへでも出かけていくから、女たちのほうでも、この男についてまったく知らないというわけではないのだった。

さっき、おみなえしのたとえを語った女。この女の声は、以前にも聞いたことがある。覚えている。声だけで、深く思いを寄せた相手なのだ。なでしこのたとえを口にした女とは、親しかった時期がある。けれど、ある古歌に「見たともいうな」という文句があるように、どういうわけか、会ったことは口外するなと口止めされて、それっきりになってしまった。

刈萱のたとえを語った女は、なんだか気取っている。手紙を贈ると、返事だけはしてくる。けれど、やっと手に入れられそうな雰囲気になると、口実を作っては逃げる。男はそれを腹立たしく思っている。

菊のたとえを語った女とは、過去に言葉をかわしたことはあるけれど、深い間柄にはなっていない。この女は、古歌を持ち出し「誰そまやまを」などといって、胸のうちをほのめかしたかと思うと、そのますっと奥へ退いてしまった。その様子がかなり印象に残ったことを、男はふと思い出す。

花すすきのたとえを口にした女には、他に恋人がいた。だから、男のほうでも慎重にならざるをえず、はかない夢のような関係を結んだのだった。こんな関係となったのも前世の因縁かと、男はしみじみ思った。

蓮のたとえを語った女は、男に気をもたせ、約束もしたのに、そのときになって急に邪魔が入ったのでさっと奥へ逃げてしまった。残念だったが、しかたなく諦めた。紫苑のたとえを語った女とは、深い関係を結んでいて、いまも仲がいいはず。朝顔のたとえを語った女は、若くてかわいらしいので、いつでも遊び相手としては楽しい。けれど、別れた後にしみじみと思い出させるような深みや余韻がない。

桔梗《ききょう》のたとえを語った四の君は、嫉妬深い。そこで、「さわがぬ水ぞ」という古歌、つまり、さわがない水のように静かにしている女のもとには男も訪ねてくるものだよ、という歌を贈ったことがある。すると、相手も古歌を引いた返事をよこした。「すまぬに見ゆる」、つまり、水が澄まないという言葉と、ともに住まないのに、という意味を懸けて返事をしたのだった。男はそれを読んで、なるほど才気のある女だな、と感心した。

こんなふうに、そこに集っていた女たちのほとんどを、好き者の男はなんらかのかたちで知っていた。

女たちのなかでも、とくに、おみなえしの女の声がよくて、気になってしまう。深い仲にならなくてもいいから、他人としてでもよいから、語り合いたい。あのきれいな女を、もう一度そっと見たい、などと思っては浮かれた気もちで、あちらこちらを歩きまわるのだった。

思慮のない、宮仕えに出ていない女などで、口説いても難しい場合、男はうまく語りかける。これからは兄妹になろうよ、などといって、気を引こうとする。女のほうも、はじめのうちは警戒して、つめたい応対をするのだけれど、あまりにもすてきな人なので、とうとう、だまされてしまう場合が多い。宮仕えの経験がある女も、ない女も、この男にはうっかりだまされる。

さて、私が、宮中にうかがわずにだらだら過ごしていたときのこと。例の好き者をめぐる話を、なんとなく、そこらの紙に書き記した。「あの好き者には気をつけないといけない。女御さまたちのお邸だって、油断はできない。いつ忍びこんでくるか、わからないんだから。あの女はきれいだから、きっとそのうち……」などと、書いた。

心に浮かぶことや歌なども書いて、字の練習をしていると、それを、いつのまにか、だれかが持ち去って書き写してしまった。だから、この話は、思いがけずあちこちにひろまってしまった。

ただ、いずれにしてもこれは作り話ではない。つまらない話ではあるけれど、内容は嘘ではない。世間には作られた物語がたくさんあるので、これを読む人は、事実とは思わないかもしれない。事実だと受け取られないなら残念だ。例の男は、女たちに化粧のアドバイスなどもしているようだ。いったい、だれなのだろう、この男……。

殿上人たちはいま、この話について、めったに聞かないようなおもしろい内容だと、うわさしているらしい。

あの女たちは、家族が多くて、ふだんは、ばらばらに宮仕えに出ているけれど、実家で顔を合わせては自分がお仕えしている邸のことを、あれこれと楽しく語り合っているのだ。まったく、興味を引かれる内容だ。

その女たちの実家は、じつは、ここから遠くないらしい。もし、なにかご存知の人がいたら、ぜひ書き加えてほしい。

「花のごとき女たち」を読むために

恋人が実家に戻っていると聞きつけて、真偽を確かめようとこっそり出かけた男が目にしたのは、思いがけずたくさんの女たちが集まっておしゃべりに花を咲かせている場所だった。ちょうど簾が巻き上げられていて、みんなくつろいでいる。

女のうちの一人である命婦の君が、蓮の花を自分がお仕えしている女院にたとえる。それをきっかけに、その場に集う女たちは次々と、花の名前を持ち出してはそれぞれがお仕えする主人になぞらえて語りはじめる。

ひっそりしていても立派に見えるりんどうは、一品の宮。華やかな紫苑は、皇后の宮。だれよりも帝の愛を受けているらしい宣耀殿の女御は菊。花すすきの、いまにも人を招きそうな感じから想像されるのは麗景殿の女御。こんなふうに、つづいていく。

熊笹にたとえられる帥の宮の奥方は、いったいどんな人なのだろう。理由が書かれていないので、よくわからない。賀茂神社に仕える斎院は松にたとえられているけれど、いつも変わらないから、と理由が述べられているので、常緑樹の印象が浮かんでくる。花すすきとは別に、尾花も登場するが、どうしてなのか、これもよくわからない。尾花にも、やはり人を招くすがたが重ねられている。

日が暮れて、灯がともされる。その光にぼんやり照らし出される女たちは美しく、男はその眺めに見とれる。女たちは、それぞれに歌を詠む。花にたとえた自分の主人、その境遇や思いを詠みこむ。帝の寵愛が薄れつつある主人を持つ女は、どうなるのだろうと心ぼそさを詠う。刈萱《かるかや》のなまめかしい美しさには、なでしこもかなわない、と花の名前を持ち出して露骨に主人たちを比較をする者もいる。はやく邸へ戻って主人と会いたい、と親しみや忠誠の感情を表わす者もいる。出仕している場所が、栄えているか、衰退しているか、女たちの関心はそこに集まっていて、花のたとえも歌も自然に、ある種の情報交換となっている。

男は、歌を詠む。女たちのそれぞれに異なる美しさ。できればその一人一人と逢ってみたいものだ、という歌を詠む。好き者、つまりプレイボーイとして知られる男なのだ。聞きつけた女は、だれだろう、鵺《ぬえ》だろうか、と口々にいう。鵺の声は不吉だと考えられていたらしい。トラツグミを鵺だとする見方がある。夜に聞こえてくる、もの悲しい声。男にしてみれば、先ほどからその場に潜んでいるので、だれかに気づいてほしいのだ。

女たちのなかには、その声の主がだれなのか、わかった者もいる。わかったので思わず笑う者もいるのだ。でも、知らないふりをして、黙ったまま、返事をしない。「だれか一人でもいいから、よく来てくれた、といってよ」。男はそう求めるけれど、女たちは応じない。すてきな男だと知っているので、返歌を詠みたいと思う者もいる。でも、大勢いるなかで自分だけが応えることは憚《はばか》られ、黙っている。

この後、物語は女たちの関係を明かす。驚いたことに、女たちはみんな姉妹なのだ。その親は、娘たちを必ずしも宮仕えに出さなければならない状態ではないけれど、なにか考えがあって、一人ずつ別々の場所へ行かせている。姉妹だということは、伏せたままで。「女御たちはそれぞれ、自分に仕える者を信頼しているけれど、それは、みんながじつは姉妹だと知らないからではないか」。そんな一節があって、ちょっと怖い。スパイというわけではないにしても、実家へ戻れば姉妹たちは主家の事情を噂し合う。

男は、女たちのことを知っている。それぞれに何らかの関係がある。親しくなったけれどなぜか逢わなくなった女。気を持たせるような態度を取ったかと思うと逃げる女。言葉を交わしただけの女。他にも恋人がいた女。でも、それも前世からの因縁。邪魔が入ったせいでチャンスを逃した女。現在、関係のある女。嫉妬深い女。そこに集う女たちのほとんどを、男は知っている。さまざまな女の性格が書かれていて、よくここまで並べたものだと感心しながら読んでしまう。

声だけ聞いたことがあり、その声がよくて好きになった相手は、おみなえしのたとえを語った女。まだ恋人の関係ではない。せめて語り合うだけでもいいから、などと男は期待を抱く。この男から言い寄られてだまされない女は少ないという。だから、世間では好き者として知られる男だ、と書かれているのだ。

「鵜鳥の」は「片恋」に掛かる枕詞。でも、その声を鵜にたとえられたこの男は、「片恋」どころかいくつもの恋愛を重ねて、あちこち渡り歩いている。

　この物語の終わり方にも、どきりとさせられる。この女たちの実家は、じつはここから遠くないらしい、と書かれている。もし知っている人がいたら書き加えてほしい、などと書かれているのだ。二十人以上の女たちが姉妹として出てきて、一人の男がその女たちのほとんどを知っているという設定。それは、いかにも作り話めいているけれど、読者あるいは聞き手に、現実感を与えるために、これらの言葉が添えられている。ここから遠くないところとは、いったいどこだろう。明かされないその場所が、きっとどこかに在るような気がしてくる。

黒い眉墨

はいずみ

下京のあたりに、家柄はよいけれど暮らしが楽ではない女がいた。ある男がこの女と、もう長いこと一緒に住んでいた。

そのうちに、男は、ある家の娘に恋をして、そこへこっそり通うようになった。新たな恋人のほうが、いろいろと新鮮さがあるからか、元の女に対する気持ちよりも深い感情が湧いて、男は人目も憚《はばか》らずに通う。新たな恋人の親がこれを知って、妻がある方だけれど、こうなってしまったからには仕方ない、と通うことをゆるした。

元の女は、これを知って、もう自分たちの仲は終わりだ、と思った。新たな相手の親だって、男をいつまでも通わせておくだけではすまないだろう。きっと、娘を引き取れといってくるにちがいない。そんな考えが、片時も頭から離れない。どこか、自分が身を寄せる場所があればいいんだけど。夫が完全に離れていく前に、自分から出ていこう。そう決意する。でも、行くあてがない。

新たな恋人の親は、男に向かって、かなり強い調子でこういった。

「うちの娘は、妻などいなくて、どうしてもと望んでくれる人と結婚させるつもりだったのに。あなたが通ってくるようになって、こんなことになったのは、残念ですよ。でも、いまさらどうしようもない。だから、おゆるししたんです。とはいっても、世間では、家に妻のいる人を婿にするなんて、といったり、愛情があるといったって、やっぱり家にいる妻のほうが大事だろう、といったりするんです。そういわれると、すごく不安で。だって、世間の人たちがいうことも、もっともですから」

男はこう答える。

「私はつまらない人間です。でも、愛情だけはだれにも負けないつもりです。私の家にお連れしないことが問題なら、すぐにでもそうしたいと思います。さっきおっしゃったことは心外ですよ」

すると、親はこう応じる。

「ああ、せめて、そうしてください。こんなことになって……」

男は、家にいる妻をどこへ行かせたらいいのだろうと思って、悲しくなる。けれど、新たな女のほうが大事なので、まず妻に事情を話して、どう出るか様子を見よう、と思う。男は、妻のいる家に戻った。

帰ると、もともと上品でかわいらしかった妻が、このごろは心配事を抱えているせいか、少しやつれた感じで、いたいたしい。恥ずかしがって、ふだんのように口をきいたりもしない。落ちこんでいるようなので、気の毒に思う。けれど、新たな女の親と約束してしまったので、男は切り出した。

「あなたを思う気もちに変わりはないけど、今度のことは、相手の親に知らせないで通うことになってしまった関係なんだ。かわいそうだから、捨てるわけにもいかない。あなたも、つらいだろうと思うと、なんでこんなことをしたんだろうと後悔するよ。でも、関係を切るわけにもいかなくて……。あっちの家で工事をするから娘をここへ置いてくれ、と親からいわれているんだけど、どうだろう。どこか、行かれる場所はあるかな？　ああ、でも、構わないよ、このまま家の端の方に住んでいたって。そんな急にどこかへ行くなんて、できないだろうからね」

それを聞いて、妻は思う。とうとう、新しい相手をここに迎えて一緒に暮らそうとしているんだ。その女には親がいるんだから、ここに住まなくても生活には困らないだろうに。長いあいだ、私には身寄りもなくて、行くところもないと知っているのに、こんなことをいうなんて……。つらくて、なさけない。でも、妻はそんな感情を顔に出さずに、こう答える。

「それは、そうでしょうね。そのかたを、早くここへ連れてきたらいいですよ。私は、どこへでも行きます。いままで、おだやかに暮らせたことは、幸せだったと思っています」

男は、なんとも気の毒な妻の様子を目にして、答える。

「そこまでいうことはないよ。相手を、ずっとここに置くわけじゃないんだ。ほんの、しばらくのあいだだよ。相手が自分のところへ帰ったら、またあなたをここに呼ぶから」

そういって、男は出ていった。妻は侍女とともに泣いた。

「ほんとうに、男女の仲ほど難しくてつらいものはない。どうしよう。新しい女がここに来て、こんな衰えたすがたで会うのはいやだな。そうだ、ひどいところかもしれ

1　原文には「土をかすべきを」とある。土忌《つちいみ》を犯して工事をすること。陰陽道で、土地には土公《つちぎみ》（土公神）がいて季節によって居場所を変えるという。その居場所を工事するときは、祟りを恐れて「方違え《かたたがえ》」をし、別の方角の家に仮住まいをした。この箇所では、男は土忌のことを口実に持ち出している。

ないけど、大原のイマコの家に行こう」

イマコというのは、以前この家に仕えていた女の名だ。これを聞いて、侍女は応える。

「イマコのところは、たとえ短いあいだでも、とてもいられるような場所ではないですよ。でも、どこか別にいいところが見つかるまでは、とにかく、そこにいらっしゃるしかないですね」

そんなふうに語り合う。それから、妻は侍女に家の中を掃除させたりした。悲しくて悲しくて、人に見られるのが恥ずかしい手紙などは、しかたなく燃やしてしまう。

「新しい相手を、明日ここへ連れてくるっていうんだから。私がいまここを出ていくことを、わざわざ夫に知らせるのも変ね。だからといって、だれに車を借りたらいいの？　夫に、送ってくれというなんて、ばかみたいだけど……」

結局、他に方法がなくて、夫のもとにそんな連絡を入れる。

「今夜、他のところに移ろうと思いますので、牛車《ぎっしゃ》をちょっと貸してください」

それを知って、男は冷静な気もちではいられない。どこに行くんだろう。せめて、出ていくところは見送ろう。そう思い、去ろうとする妻のもとへ出かけた。女は、縁側に出ている。牛車の到着を待っているようだ。月の光をあびて、とめどなく泣いているのだった。

我が身かくかけ離れむと思ひきや月だに宿をすみはつる世に

（月さえ、いつまでもここに暮しているというのに、自分がこの家から離れるなんて、考えもしなかった。）

泣いているところへ、男が来た。女は泣いていたことを隠すように、横を向いて座った。

「車は、牛の都合がつかなくて、貸せなくなった。代わりに馬を貸すよ」

「そうですか。すぐ近くなので、かまいません。車だと大げさになりますからね。その馬で行きます。夜がふけないうちに」

女はそう応えて、したくを急ぐ。男は、かわいそうだとは思うけれど、新しい女の家ではみんな、明朝に引っ越して来るつもりで準備しているのだから、もうどうしようもない。気の毒だと思いながらも、馬を引いてこさせて、縁先《えんさき》のところへ寄せた。馬に乗ろうとする女のすがたが、明るい月に照らし出される。華奢な体つき。髪はつややかで、背丈ほどある。男は、馬に乗るのを手伝った。着物の裾を直すなどして、少しでも気づかいを見せた。女は悲しくてたまらないけれど、我慢して何もいわない。馬に乗ったすがたや髪が、とても美しく、かわいいので、男は改めて深く心を打たれた。

「俺も一緒に、送っていくよ」

「ううん、いいんです。着いたら、馬はすぐ返しますから、それまでここで待っていてください。行き先は、すごくみすぼらしくて、見せられるようなところじゃないので」

男は、なるほどそうなのかと思って、それ以上はいわない。その場に残って、縁側に座って、馬を待つことにする。

女は、お供の者もたくさんは連れていかない。昔からなじんでいる小舎人童《こどねりわらわ》を一人だけ、連れていった。

男に見られているあいだは、涙を隠していたけれど、馬が門から出たあたりで、わっと泣き出してしまった。その様子を目にして、小舎人童は、かわいそうだと思う。イマコの家を目指して、道をたどる。どうして、すぐ近くだといってお供も十分に連れないで、こんな遠くまで、と小舎人童は訊く。山の方なので、人も通らない。心ぼそくて、女は泣いている。

ちょうどそのころ、妻を送らず後に残った男は、殺伐《さつばつ》とした家にたった一人でいて、もの思いにふけっていた。出ていった妻のことを、いとおしく思って、沈んでいた。とはいえ、なにもかも自分のせいで生じた事態。だれかを恨むこともできない。いまごろ、妻はどんな気もちだろう。そうしているうちに、時間が経っていく。男は縁側に両足をぶらりとさせたまま、脇に寄りかかって、寝入ってしまった。

女は、真夜中になる前にイマコの家に着いた。とても小さな家だ。小舎人童は、どうしてこんなところへ来たのかと、気の毒そうにしている。

「この馬を、すぐ返しに行って。待っているだろうから」

「ご主人から行き先を訊かれたら、どうお答えしたらいいでしょうか？」

「もし、どこへ行ったかと訊かれたら、こう答えて」

女は、こう詠った。

いづこにか送りはせしと人問はば心はゆかぬ涙川まで

（どこへ送ったかと問われるなら、気が進まない涙川まで。）

小舎人童はこれを聞くと、泣きながら馬に乗って戻っていった。

さて、眠りこんでいた男は、はっと目を覚ました。空を見上げると、いつのまにか、月が山の端に近いところまで移っている。すぐ馬を返すといったけれど、遅いな。これはずいぶん遠くまで行ったにちがいない。そう思うと、かわいそうになる。

すみなれし宿を見すてて行く月の影におほせて恋ふるわざかな

（住み慣れたうちを見捨てていく月の光にかこつけて去っていった妻のことが、恋しくてたまらない。）

そう詠んだところへ、小舎人童が帰ってきた。

「遅かったじゃないか。どこまで行ったんだ?」

小舎人童は、さっき女からいわれたとおり、歌を伝えた。男はその歌を聞くと、悲しくて、思わず泣いてしまった。妻が、自分の前で泣かなかったのは、我慢していたんだと気づいて、かわいそうでたまらなくなる。連れ戻しに行こう、と思う。

「そんなひどいところとは……。体にもよくないな。やっぱり、いまから行って、連れ戻す」

「向こうに行くまで、ずうっと泣いておられましたよ。あんないい方なのに、ひどいです……」

夜が明けないうちに、と男は大急ぎで出発した。小舎人童もお供をして、また出かけた。

着いてみると、聞いたとおり、小さくて荒れはてた家だ。男はもう悲しくてたまらず、戸をたたく。ここに着いてからも、女はずっと泣いていたのだった。侍女に、だれが来たのか確かめさせる。すると、男の声がする。

涙川そことも知らずつらき瀬をゆきかへりつつながれ来にけり[2]

（涙川とはどこなのか、わからなくて、つらい川の瀬を行ったり来たりして、ここに流れ着いたんだ。）

思いがけない歌。しかも、声が夫に似ている。開けてくれ、という声がする。おかしいなと思いながら、開けさせる。

すると、現れたのは夫だ。女が横たわっているところの近くへ来て、夫は泣きながら詫《わ》びる。女は、返事もできず、ただ泣くばかりだ。

「なにもいえない……。こんなところだとは思いもしなかったから、行かせてしまったんだけど。なんで俺に、詳しいことを全然いわないで、出ていったんだ。いろいろ、ちゃんと話したい。とにかく、帰ろう。夜が明けないうちに」

男は、妻を馬に乗せると、その家を出た。

女のほうは、まったく予想もしなかったことになって驚く。これはいったい、どうしたんだろう、と思う。呆然としているうちに、元の家にたどり着く。馬からおりると、二人はともに休んだ。男は、いろいろと語りかけて妻を慰めようとする。

「これからは、もうあっちには行かないから。お前がこんなに俺のことを思ってくれているんだから……」

男は妻のことを、だれとも比べられないほど大切だと感じた。朝になったらここへ移って来るはずだった新しい相手のところには、予定の変更を伝えることにする。こちらの妻の具合が悪くなったので、時期がよくないから、また都合がついたらお迎えします、と。

それからは、元の家にばかりいて、ちっとも出かけて来ないので、新しい相手の両親は悩んだ。妻のほうは、男がいつもそばにいてくれるので、うれしくて夢のようだと思う。

ところで、この男は、とてもせっかちな性格だった。思い立つと、じっとしていられない。

ある日、まだ昼間のうちに突然、新しい相手を訪ねた。

2 其処《そこ》に底、「流れ」に「泣かれ」を掛ける。底・瀬・流れは「涙川」の縁語。

「少しだけでも、会いたいから」

侍女は慌てて、それを女に伝える。女は、ちょうどくつろいでいたところだった。はっと起き上がると、櫛《くし》の箱を引き寄せる。おしろいをつけるつもりだったのに、すっかり慌てて、はい墨[3]の入った畳紙《たとう》[4]を取り出してしまった。そして、鏡も見ないで、大急ぎで化粧をする。

「ちょっと、まだ入らないで、そこでお待ちになっているように、伝えて」

侍女にそういって、顔に、めちゃくちゃに塗りたくる。男は、待てずに入ってくる。

「なんだ、もう俺を見限るつもりなの？」

簾《みす》を上げて、入ってくる。慌てた女は、畳紙を隠した。そして、粉を適当に顔になすりつけて、のばした。袖で口元を隠す。顔には指の跡が、まだらについている。目ばかり、きょろきょろ、まばたきして、座っている。

男は、はっと驚いた。な、なんだこれは……。こわくて、近寄ることもできない。

「もうちょっとしたら、また来ます」

あまりにも不気味で、少しも見てはいられない。男は、その場からさっと立ち去った。

女の両親は、久しぶりに男が訪ねて来たというので娘のもとへやって来た。けれど、来てみると、もう帰った後だった。

こんなにすぐ帰るとは冷淡だなと思って、ふと娘の顔を見る。な、なんだ……。娘の顔が、おそろしく不気味な顔になっているではないか。両親はその場に倒れてしまった。どうしたの、と娘は聞く。

「そ、その顔は……」

両親は、こわがって、ろくに口もきけない。変だな、と思って女は鏡をのぞいた。ひゃっと驚く。鏡を投げ捨てる。

「なんで？　どうなってるの？」

女は慌てふためいて、泣きわめく。家中、大騒ぎになる。

「あっちの女が、殿がこちらの姫さまを嫌うようになる呪《のろ》いをかけられたのでしょう。それでも殿がこちらへいらしたので、姫さまのお顔がこんなになったのです、きっと」

3　胡麻《ごま》油や菜種油を作るときに出る炭素を掃き落として作った墨。
4　懐に入れて、鼻紙や歌などを書きつける用紙にしたが、櫛やはい墨などを包むためにも用いたという。

そんなことをいう者もいて、陰陽師《おんみょうじ》が呼ばれる。騒ぎはおさまらない。

そうこうしているうちに、涙が流れ落ちたところの肌が、ふつうの肌に戻る。あ、これは、と気づいた乳母が、紙をくしゃくしゃと揉《も》んで、顔を拭いてみる。すると、すっかりきれいになった。まったく、とんだ勘違いだったのだ。姫さまのお顔が、と大騒ぎしたのは、なんとも滑稽《こっけい》なことだった。

5　中務省の陰陽寮に属し、天文・暦数・占い・土地の良し悪しなどをみたり、禊《みそぎ》・祓《はらい》などをつかさどった職。後には、一般に占いや祓などにたずさわる者を指す。

「黒い眉墨」を読むために

ある男をめぐる、二人の女の明暗を描き出す物語だ。新しい相手ができた男は、それまで一緒に暮らしてきた妻との関係をどうしたらよいものかと悩む。新しい相手の親から責められるようなことをいわれて、男は困ってしまう。そこで、妻に向かって、しばらくよそへ行くことはできないかと訊いてみる。新しい女を、その家に迎えることになってしまったからだ。

なんと身勝手な提案だろう。妻には身寄りもなく、行く当てなどない。でも、感情をおさえて、夫の要求に従う。ここで冷静さを失って相手を非難すれば、展開は変わる。けれど、この女はあくまでも理性的だ。とりあえず、イマコという名の以前いた侍女のところへ行こうと決める。

新しい女の親が気を揉むのは当然だ。なぜなら、親の立場からすれば、もっと別の相手と一緒にさせようと思っていたのに、この男が通ってきていつのまにか娘と関係を結んでしまったため、しかたなく認めたのだから。板挟みとなった男を、それ以上困らせない妻の深い配慮が、この物語を次の展開へ運んでいく。

男から借りた馬に乗り、妻は出発する。男に見送られているあいだは我慢していた涙が、やがて溢《あふ》れる。お供の小舎人童は、かわいそうだと思う。このあたりの、夜の道行きの描写はしみじみとしていて、気丈な妻のすがたが哀しい。イマコの家。それは、これまで暮らしてきた家と比べて、とても粗末な場所だ。到着するとすぐに、借りた馬を男のもとへ返す。返しにいくのは、お供をしてきた小舎人童。月が山の端近くに移っている、という言葉によって時間の経過が表わされている。

小舎人童が馬を連れて戻ってくると、男はどこまで行ってきたんだ、と訊く。戻るのがずいぶん遅かったし、追い出した妻がどこにいるのかも気になる。すると、小舎人童は妻が詠んだ歌で答える。「いづこにか送りはせしと人問はば心はゆかぬ涙川まで」。どこへ送ったかと問われるなら、気が進まない涙川まで。そんな歌だ。涙がとめどなく流れて川のようになるイメージを、涙川という言葉で表わしている。

これを聞いた男は、悲しくて泣いてしまう。なんと勝手な男だろうか。いてもたってもいられなくなり、すぐ妻を連れ戻しに出かけるのだ。行き先の家とのあいだを往復したばかりの小舎人童は、男に従ってまた同じ道を出かける。自分を追い出した夫が迎えに来るという、まったく思いがけない出来事に、妻はまた泣いてしまう。

二人は、元の家へ戻る。もう新しい女のところへ行ったりしないから、と男は妻にやさしく語りかける。その家へ移ってくる予定だった新しい女のところには、妻の具合が悪いのでまたそのうち、と断りを入れる。感情に左右されるばかりで、まったくなんと勝手な男なのだろう。

この物語では、新しい女の親の気持ちが繰り返し描かれている。男があまり来なくなったので、親は悩むのだ。男のところで一緒に暮らす約束までしたのに、予定は変更されるし、訪ねて来ない。やはり最初に心配した通りになってしまった。親にしてみれば、そんな悔しさがあるだろう。男も、新しい相手がどうしているか気にならないわけではない。後ろめたさもあるだろう。

そこである日、まだ昼間だというのに、新しい女のところへ出かけていく。少しでも会おうと考えて。さて、物語はここからとんでもない展開を見せる。そこまでは、妻やその歌をめぐって、抒情的な内容が語られてきたけれど、にわかに滑稽な方向へ向かう。

まさか明るいうちに突然男が来るとは思っていなかった女。男の訪問を知って、大慌てで化粧をする。ちょっと待っていて、と伝えたのに、ずかずかと部屋に入ってきた男は、女の顔を見てすっかり驚く。そして、そのまま帰ってしまうのだ。

あまりにも不気味な、女の顔。後から部屋へ来た親も、その場で卒倒してしまう。どうしてだろうと、女が鏡をのぞくと、びっくりするような顔が映る。めちゃくちゃな顔だ。陰陽師が呼ばれて、祈禱がおこなわれる。泣きわめいていると、涙が流れたところは元の肌になっている。それで、理由が判明する。男が来たとき、慌てていたので、顔にはい墨を塗ってしまったのだ。おしろいをつけたつもりだったのに。

この新しい女の立場もさんざんだ。通ってくるようになった男から、自分のところで暮らそうと持ちかけられたのに、その約束を急に反故《ほご》にされる。あまり来なくなったかと思うと、突然、昼間のうちに訪ねてくる。慌てたせいで、顔にはい墨を塗ってしまう。男のせいで、女もその親も振りまわされることになるのだから、まったく気の毒な立場だ。

一方、元の妻については、行き先となった家があまりに粗末だという理由もあって男が気持ちを変えるわけだけれど、もちろん、歌が心に響くものであったから、という理由もはずせない。涙川まで。そうか、追い出す自分の前で泣かなかったのは、気持ちが冷たくなっていたからではなく我慢していたからだ、と男は悟る。

これは、歌によって助けられる、いわゆる〈歌徳説話〉の一種だ。『堤中納言物語』のなかでは他に「ついでに語る物語」にも、歌によって男の気持ちが変わる場面が見られる。泣いて相手を非難するより、そっと歌を詠む。胸に突き刺さる歌が、相手の心を引き戻す。

涙川まで。涙川とはどこなのか。そんなやりとりの末、男の心は戻るのだ。なるほど、と思わせる展開ではあるけれど、この物語では、タイトルとも関わる終盤の滑稽な場面に漂う奇妙な味わいが、いつまでも心に残る。顔にはい墨を塗った女は、二度とこの失敗を繰り返しはしないだろう。この出来事によって男が離れていったとしても、こんな女には、また別の新たな出会いがあるかもしれない。おかしな失敗談。でも、ここには、からりとした明るさもある。なぜだろう。

とるにたらぬ物語 1

よしなしごと

あるところに、大切に育てられている娘がいた。身分の高い僧が、こっそり、この女を妻にした。ある年の暮れ、この僧は、山寺にこもるよ、と女に知らせた。そして、旅のしたくに必要な品々を貸してくれ、と頼んだ。筵《むしろ》、敷き物用の畳、盥《たらい》、水を入れる器などだ。女は、充分な長さのある筵その他、あれこれ取りそろえて、僧のもとに送った。

やがて、この件について、噂が立ち、女が師と仰いでいた別の僧が知ることとなった。それなら自分もあの女からなにか借りるふりをして、女と相手の僧についてささやかれている噂のことで、遠まわしにちょっと忠告しよう。師は女に宛てて手紙を書いた。その内容がおもしろいので、ここに書き写す。

まったく、その手紙ときたら、僧が書いたとは思えないほどの俗っぽさ。あきれる。唐土《もろこし》や新羅《しらぎ》など遠い異国の者や、不老不死の世界といわれる常世《とこよ》の国の者なら、もしかするとこんな手紙を書くかもしれない。我が国でも、山のなかに住む山賊みたいなやつ、相当いやしいやつなら、書くかもしれない。いや、そんなやつらだって、書きはしないだろう。こんな手紙だ。

おげんきですか。たとえば、ある簾《すだれ》編みのじいさんは[2]、若い娘と浮き名を立てられたが、そんな身分の低い者も、老いてますます元気いっぱい、子どもの将来が楽しみだ、などという境遇はあるものだ。私がいまから書くことは、それよりもっと劣る内容だから、軽蔑されるかもしれない。だが、どうしようもないことなので、書くことにする。

さて、いまさらながら、この世とは頼りなく、哀しいものだ。見る人聞く人、人という人がことごとく、朝露のごとく消え、夕方の雲のようにどこかへまぎれてしまう。つらいこと、悲しいことばかり多い。生きている者は少なく、死者がますます増える

1　鎌倉後期から南北朝期にかけて成立したかという見方があり、『堤中納言物語』のなかでもっとも成立の遅い作かと見られている。
2　不詳。簾を編むことを生業にしている人か。

ように思える。我が身もいよいよ終わりに近づいているのかもしれない。そう思うと、気もちが沈む。心配が重なっていく。この世は、稲妻よりも短く、風前の灯火よりもはかないものだと、悲しく考えつづけてしまう。もし、吉野の山の向こうに住む[3]ところがあったら世間がいやになったときの隠れ家にしたい、なんていう人もあったけれど、自分も、どこかにこもりたくなる。そうだ、どこかへ行こう。決心したはいいものの、さて実際、どこにこもればいいだろうか。富士山と浅間山のあいだの谷か。竈山《かまどやま》[4]と日《ひ》の御崎《みさき》[5]のあいだの切れ目みたいなところか。あるいは、白山[6]と立山[7]との谷間か。もしくは、愛宕山《あたごやま》[8]と比叡山《ひえいざん》のあいだか。とにかく、人が簡単には行かれそうにない場所にすがたをくらましてしまいたい。でも、やはり、日本のなかでは近すぎる。唐土の五台山《ごだいさん》[9]、新羅の山中などもいいけれど、それでもまだ近い。インドの山なら、鶏足山《けいそくせん》の岩屋[10]にでもこもろうか。でも、それもまだ地上に近い場所だ。いっそのこと、雲を分けて空にのぼって、月や日などの天体にまじり、霞《かすみ》のなかへ飛びこんでそこに暮らそうか、などと思う。

それで、このごろ準備をしているんだけれど、行き先がどこだとしても、この身を完全に捨てない限り、必要なものはいろいろとあるのです。だれにその用意を頼んだらいいか、考えて、思いつくのはあなたです。

長年、私に親切にしてくれているあなたのことだ。やさしい人だと知っている。こんなときは、あなたにお願いするしかないと思って、この手紙をお送りします。私の旅に必要なものを、もしお持ちでしたら、貸してください。

まず、なんといっても必要なのは、雲の上へのぼるのに使う天《あま》の羽衣《はごろも》。どうしても要るので、探していただければ助かる。もしそれがない場合は、ふつうの袙《あこめ》と夜具を。それすらない場合は、せめて、破れた着物でもいい。それから、十間あまりの[11]

3 「み吉野の山のあなたに宿もがな世のうき時のかくれがにせむ」（『古今集』雑下・読み人しらず）。
4 筑前国筑紫郡の宝満山《ほうまんざん》か、阿波国、紀伊国の山かともいわれる。
5 出雲国の日御碕か、紀伊国、肥前国などの御崎ともいわれる。
6 加賀、越前、飛驒にまたがる霊場。
7 越中の立山。
8 山城国葛野《かどの》郡にある山。
9 中国山西省代州五台県の東北にあり、中国仏教三大霊場の一つ。華厳宗の本山。
10 釈迦の弟子・迦葉《かしょう》尊者がその岩屋に入定《にゅうじょう》して弥勒《みろく》の出世を待った場所。

檜皮葺《ひはだぶ》きの建物を一つ。廊、寝殿、炊事場、車を置くところなども要る。とはいっても、こうしたものは遠くへ運ぶのに手間がかかるだろう。だから、腰にぶらさげて行かれるくらいの、簡単な仮屋を一つ貸してほしい。

　畳などは、あるでしょうか。錦縁《にしきべり》[12]、高麗縁《こうらいべり》[13]、位の高い人たちが用いる畳なんか、あればいいですね。でも、もしなければ、ふつうの破れた畳でもいい。もしくは、玉江で刈れる真菰《まこも》[14]、交野《かたの》の原[15]の菅菰《すがごも》などでもいいから、お手元にあるのを貸してください。ただ、幅が広すぎる十布《とふ》[16]の菅菰は遠慮したい。あれは二人で寝るときに使うのにちょうどいいものだが、私の旅は一人寝の旅だから。

　さて、それから筵。荒磯海《ありそうみ》の浦でできる出雲筵、生《いき》の松原[17]あたりで作られる筑紫《つくし》筵、みなおが浦[18]で刈られる三総《みつふさ》筵、入江で刈るたな筵[19]、七条[20]のなわ筵。なんでもいいから、あるものを貸してください。なければ、破れているのでもいい。そして、屏風も要ります。唐絵屏風、大和絵屏風、布《ぬの》屏風。唐土の黄金で縁を飾ったものや、新羅の玉を釘で打ちつけたものでもいいが、なければ、破れた網代《あじろ》屏風などでいいから貸してください。盥《たらい》はあるでしょうか。丸盥、打《うち》盥、なんでもよいので貸してください。なければ、欠けた盥でもかまわない。

それから、鍋や釜についてもお願いしたい。煙《けぶり》が崎[21]で鋳《い》るという能登鼎《のとかなえ》[22]でも、待乳《まつち》が原[23]で作られる讃岐釜《さぬきがま》でも、石上《いそのかみ》にあるという大和鍋、筑摩の祭りの際に頭にかぶ[24]るという近江鍋、楠葉の御牧《みまき》[25]で作られる河内《かわち》鍋、いちかど[26]という場所で作られる懸釜《さがりがま》、とむ[27]や片岡で鋳る鉄鍋、または鍋でもよいので、貸してください。邑久《おおく》[28]で作

11　柱と柱のあいだを一間という。十間あまりの建物とは、現実味を越えた巨大な広さの家屋。
12　錦を用いた畳の縁。
13　白地に雲形・菊花の模様などを黒く織り出した綾の畳の縁。
14　摂津国三島郡淀川。菰の産地で、歌枕の地でもある。
15　河内国交野。
16　陸前国利府。
17　筑前国の歌枕。
18　上総国三直郡か。「みなと」の誤写で君津郡湊町かともいわれる。
19　紀伊国西牟婁《にしむろ》郡田並か。
20　京都七条か。
21　未詳。
22　能登産の鍋。
23　未詳。

られる火鉢、角盆なども必要だ。信楽《しがらき》[29]の大笠、雨のとき使う、背と腰の部分がつながっている蓑《みの》なども、ないと困る。伊予の手箱、筑紫河籠《つくしかわご》[30]など、ものをしまっておく箱も要る。浦島の子の皮箱でもいい。皮袋でもいいから。

なさけないことだが、生きている限りは、食べ物も必要だ。信濃の梨、いかるが山[31]の栗、三方《みかた》の郡《こおり》の若狭椎《わかさしい》、天《あま》の橋立《はしだて》の丹後わかめ、出雲の浦の甘海苔《あまのり》、三の橋[32]の賀茂のおかし、若江[33]の郡の河内蕪《かぶら》、野洲《やす》・栗本[34]の近江餅、こまつ・かもと[35]の伊賀乾瓜《ほしうり》、かけたがね[36]の松の実、みちくの島[37]のうべあけび、こ山[38]の蜜柑。これらのものが、なければ、やもめのいり豆[39]でもください。

いや、もう、必要なものがいっぱい。そのなかでも、とくに要るのは、足鍋《あしなべ》一つ、長筵一枚、盥一つ。それらはどうしても要るのです。もし、貸してくださる場合、だれに託してもいいというわけではありません。私のところで働いている二人の少年に渡してください。二人の名は、大空のかげろうと、海の水の泡、といいます。

私がどこから出発するかというと、科戸《しなど》[40]の原の上《かみ》の方《かた》、天《あま》の川のほとりに近い場所です。天の川にかかる鵲橋《かささぎばし》[41]のたもとです。そこに、必ず届けてください。これらの必要なものがなければ、空の向こうへ出発することはできないでしょうから。この世

24 近江国坂田郡筑摩明神の鍋祭り。「近江なる筑摩の祭とくとせむつれなき人の鍋の数みむ」（『伊勢物語』一二〇段）。
25 河内国交野郡樟葉《くずは》。朝廷の牧場があった。
26 京都七条猪隈の市門、近江国蒲生郡市原などの説がある。
27 大和国生駒郡鳥見。
28 備前国邑久郡。
29 近江国甲賀郡。
30 肥後の産の行李《こうり》のような箱。
31 丹波国何鹿郡の山。
32 賀茂神社の御橋殿にある橋か。山代国愛宕郡の枝橋の誤写ともいわれる。
33 河内郡若江郡。
34 近江国野洲郡。栗本郡。
35 未詳。
36 未詳。
37 未詳。
38 未詳。
39 未詳。
40 風神の級長戸辺命《しなとべのみこと》がいる原。

の中に生きてきて、ものをわかっているあなたなのだから、きっと、必要な品々を用意してください。私はもう、この世がいやになってしまったんだから、この気もちをくんで、できるだけ急いで用意をしてください。

こんな手紙は、だれにも見せてはいけない。欲ばりだと思われるといけないから。お返事は、空の方へください。[42] 繰り返しますが、この手紙について口外してはなりません。

暇で時間があるときに、こんなつまらないことを書いてみるのです。あなたについて、あるうわさを聞いたので、いったいどうしたんだろうと思って。

風の音、鳥の声、虫の音、波が寄せる音など、この世のさまざまなはかないものに添えて、こうしてあなたにおたよりします。はかないものに、こうして、はかないことを付け加えるような手紙です。

41　牽牛・織女が会うとき、鵲が翼を並べて天の川にかけるといわれる橋。
42　「御かへりはうらによ」ととり、「お返事はこの手紙の裏に書いてください」とする見方もある。

「とるにたらぬ物語」を読むために

ある女に対して、その師の立場にある僧が手紙をしたためる。どうして手紙を書く気になったかというと、その女が、ひそかにある僧の妻となり、山寺にこもるために必要な品々を揃えて世話をした、という噂を聞いたからだ。師は、忠告の意をこめて手紙を書く。自分にもあれやこれを送ってほしい、と所望する内容の手紙だ。そんなふうに、この物語は書簡体の物語というかたちを取っていて、『堤中納言物語』のなかでも異色の作品となっている。

読み進めていくと、最後に近いところで「だれにも見せてはいけない。欲ばりだと思われるといけないから」と、釘を刺す箇所がある。師である僧は、わざと書いているのだ。見方によっては、ユーモアに溢れたあたたかさもある戒めの手紙といえる。受け取る女は、どんな顔をしてこれを読むだろう。その内容にあきれながら、でも自分とある僧との関係が知れたことに顔を赤くして、我が身を振り返るだろうか。

　この手紙、なんともスケールが大きい。こもる先を思案して「日本のなかでは近すぎる」という。「インドの山」が出てくるかと思うと、「それもまだ地上に近い場所だ」とつづく。「いっそのこと、雲を分けて空にのぼって、月や日などの天体にまじり、霞のなかへ飛びこんでそこに暮らそうか、などと思う」。ずいぶん、のびのびとした発想ではないか。

　さて、所望の品は、奇想天外なものや現実的には入手不可能なものから、しだいに質素なものへと、段階的にレベルを下げるかたちで列記される。たとえば、衣服について。「天の羽衣」からはじまって、「ふつうの袙と夜具」、それもない場合は「破れた着物でもいい」とつづく。雨露をしのぐための仮屋についても、立派な邸からはじまり、簡単な仮屋根へと、並べられて記される。さらに求められる品々は、畳、筵、屛風、盥、鍋、火鉢、角盆、蓑、行李など。それぞれ、極上のものにはじまり、ぼろぼろのものや壊れたものへと展開する。

　いずれも、決まって質素なものに辿り着くのだけれど、これはどういうことだろうか。女が、自分を妻にした僧のために用意した品々はどんなものか。僧ならば質素でいいのに贅沢《ぜいたく》なまねをしたのではないだろうな。そのように、暗に問いただす記述になっているということかもしれない。山寺にこもっての修行は、贅沢な品々に囲まれて何の不自由もなくおこなうものではない、という意味も含まれているのではないか。

だから「いや、もう、必要なものがいっぱい」と、求めはじめたらきりがないことを、わざと記す手紙になっているのではないだろうか。修行の邪魔になるのだ、という意味もこめて。この物語を何度も読み返すうちに、物欲の表現というよりは、おどけた感じさえする記述の奥から、おかしそうに笑う僧の顔が浮かんでくる。

インドでもまだ近いので空の向こうへ出かける、という師の出発地がまた空想的だ。「天の川にかかる鵲橋のたもと」だというのだから。そして、品々は、二人の少年に託すように、と頼む。少年たちの名前は「大空のかげろう」と「海の水の泡」という。

かげろうと、水の泡。どうして、そのような名前が与えられているのだろう。たとえば、こんなふうにも考えられないだろうか。物語のはじめのほうに、次の箇所がある。「いまさらながら、この世とは頼りなく、哀しいものだ。見る人聞く人、人という人がことごとく、朝露のごとく消え、夕方の雲のようにどこかへまぎれてしまう」。また「この世は、稲妻よりも短く、風前の灯火よりもはかないもの」という言葉も出てくる。この世も人の命も短く、限られていることが、確かめるように繰り返し描かれている。

さらに、物語の末尾には「風の音、鳥の声、虫の音、波が寄せる音など、この世のさまざまなはかないものに添えて」手紙を送る、とある。一瞬で消えるものを並べて、それらとともに送る手紙だという。見渡せば、人のまわりにあるものは、なんというはかないものばかりなのだろう。師はこの手紙を通して、弟子にあたる女に、そんなことも改めて教えたい、知らせたい、と思っているのかもしれない。

もちろん、女と相手の僧の関係を茶化すニュアンスも感じられるが、同時に、この世のはかなさを突きつける手紙になっているのだ。あきれるほど俗っぽい内容だと、冒頭のあたりに書かれているけれど、それがかえって、この世のはかなさを露出させるかたちになっていると思えてならない。

登場する一つ一つの品については、具体的であるだけに、むしろ現代の読者にとってはすぐにわからないものが多い。それぞれの土地の名産品が並ぶ箇所もある。言葉について調べながらそれらを読んでいくと、よくわからないままでも、いとおしさが湧いてくる。たとえば「三の橋の賀茂のおかし」や「野洲・栗本の近江餅」って、いったいどんな食べ物だろう。物語ができた当時の、各地の名物。わからないのに、おいしそう。こら、と師の僧から叱られそう。「いり豆」で我慢するようにと、忠告されそうだ。

断章

まるで冬ごもりをするみたいな空。時雨《しぐれ》が降るたびに、そんなふうに涙がこぼれるたびに、曇る袖。晴れ間は少なくて、この秋からは、いっそう乾く間もない。今宵の月を見れば、群がる雲が消えて、さえざえと光っている。あんなに光っているのは、月が木の葉に隠れることさえないからだろうか。[1]

やはり、耐え忍ぶことはできないのだろう。男は、ふらりと邸を出る。「あの女を恋するなんて、だめだ」。そう思い返して「どこか他の女のところに」と考え直す。けれど、やはり、あの女のところを通り過ぎることは、できないだろう。

こっそりと忍びこむ。何人もの女たちの気配が感じられる方へと寄っていく。あの女がくつろいでいる様子も見たい。そうはいっても、あの女の様子はともかくとしても、ここでは、どんなもてなしも望めないだろうとわかっている。おおよその様子にしても……[2]

1 「今よりは木の葉がくれもなけれども時雨にのこるむら雲の月」という「千五百番歌合」の源具親《みなもとのともちか》の歌を下敷きにしているとし、この断章の成立を歌合成立後の建仁元年（一二〇一）以後とする説がある。

2 あたりの雰囲気についてなのか、男君にとって冷ややかな印象だというのか、不明。

「断章」を読むために

文が途中で切れている断章は「冬ごもる空のけしきに、しぐるゝたびにかきくもる袖の晴れ間は、秋よりことに乾く間なきに」とはじまる。ある男が、気になる姫君との関係に悩む書き出しの部分がそのすべてだ。自分の気持ちを姫君から受け入れられずに、男は懊悩《おうのう》する。

断章の存在については、続きの部分が散逸したという考え方もあれば、未完の物語なのだという見方もある。さらには、十編の物語にこの断章を付すことで、いかにも古い物語らしく見えるようにした仕掛けではないかという考え方もある。いずれにしても、『堤中納言物語』の物語が、春からはじまって冬に終わるかたちに並んでいることは、断章の部分でより明確に伝わってくる。

さえざえと照らす今宵の月。男は月明かりに誘われるように、ふらりと出かける。「あくがれいで給て」と書かれているけれど、ふらふらとさまよい出て、行き着く先は、この男を歓迎してはくれない場所。冬の恋は、どんな展開を迎えるだろう。

昔もいまも、だれも知らないこの物語のつづきを、わずかに思い描かせて終わるように『堤中納言物語』の全体が出来ているならば、それはなかなか遊び心のある構成だといえる。全体の構成に、そのような動きが与えられることで、物語は生きものだと知らされる。欠けていることが、むしろ動きを生むのだ。

昔もいまも、月は満ち欠けを繰り返しながら頭上をめぐる。断章の物語につづきはないけれど、さえざえと光る月は、顔色ひとつ変えずに夜の空を渡っていく。月は昔もいまも、人の世を静かに照らすばかりだ。月明かりのなかで、物語のつづきを、ほんの少しだけ考える。

解説

蜂飼耳

『堤中納言物語』は、平安時代末期から鎌倉時代にかけて書かれた短編物語から成る物語集だ。十編の物語と一編の断章を収録する。作者が判明しているのは「逢坂越《おうさかこ》えぬ権中納言《ごんちゅうなごん》」だけで、その作者についても、小式部《こしきぶ》という名前の他は、ほとんどわかっていない。

それぞれの短編の作者がわからず、書かれた時期も異なるだけでなく、全体をまとめた編者もはっきりとしていない。そもそも『堤中納言物語』というタイトルからして、由来は不明。つまり、この物語集を読んでも、どこにも堤中納言なる人物は存在しないのだ。

それではなんで堤中納言？　読者は首をかしげるだろう。さまざまな説のなかには、こんな説がある。本来ばらばらの物語が「ひとつつみ」にまとめられたことから、「つつみ」という言葉が浮上したのではないか。それがいつしか、「堤」と書き表わされるようになったのではないか、と。わかるような、わからないような解釈。

とはいえ、一包みにされていた、といわれれば、それなりにイメージは湧く。作者も執筆時期も異なる短編を、集めて、まとまりのあるかたちにすることが「ひとつつみ」にすることだったのか、と。

実際に一編ずつ読みはじめると、タイトルの由来が不明ということなどはあまり気にならなくなる。物語が、それぞれ面白さと意外性をもっているからだ。

持ち味の異なる十編および断章が合わさって、起伏《きふく》のある流れを作り出している。この流れはなんだろう、とよく見れば、それはじつは季節の流れでもある。桜咲く春にはじまり、夏、秋、そして断章に書かれる冬。

この物語集に収められたすべての短編に、それぞれの季節がある。というより、季節のなかで人々は動き出し、物語がはじまる。

平安時代の貴族文化のなかで育まれた和歌や物語は、季節に対する美意識と切り離せない。物語文学のもっとも大きな成果として現代も読み継がれている『源氏物語』以降に生まれた『堤中納言物語』もまた、貴族の美意識や季節感を基盤としている。約束事のように、あるいは当時の読者（物語の場では、聞き手）の教養に挑むかのように、古歌や漢詩などが盛り込まれ、物語は進む。古歌や漢詩のなかでも桜が咲き、薔薇が咲く。季節もまた読み継がれていく。それはつまり、季節の感じ取り方、感受性が読み継がれていくということだろう。

最盛期を過ぎた貴族文化が残した短編物語、というふうに受け取られてきた『堤中納言物語』。たしかに、『源氏物語』をピークと考える物語史に照らせば、そうなる。王朝物語文学といえば、まずは『源氏物語』に触れざるをえないのも事実だ。けれど、『源氏物語』を引き合いに出すことをいったん控えて、単独の存在としての『堤中納言物語』と向き合えば、これはこれで吸引力のある、唯一無二の魅力をそなえた作品だということが伝わってくる。独立した、類のない短編物語集なのだ。

とくに「虫めづる姫君」は、主人公の姫君が独特の人物で、強烈な印象を残す。『堤中納言物語』の全体を読んだことはない人でも、この一編については知っている人も多いだろう。虫を集めて観察することを好む姫君だけれど、少し変わっている（と周囲から思われる）点は、それだけではない。歯を黒く染めず、眉毛を剃《そ》らない。つまりは当時の貴族の風習や暮らし方に真っ向から逆らう態度をとっていて、そのことで周囲から忠告を受けたり、嫌がられたりする。

この物語の結末は、はっきりとしたハッピーエンドでもないし、その逆でもない。女装した貴公子から、作り物の蛇を受け取り、邸《やしき》は大騒ぎになる。「続きは二の巻にある」という幕切れだ。この姫君がどうなっていくのかは、読者の想像にゆだねられている。

姫君の考え方に味方するもしないも、読者の自由ということだ。いずれにしても、おのれの価値観と方針を通そうとして周囲に同調しない人物像からは、時代を超える普遍性がにじみ出る。この姫君は周囲への配慮が足りないわがままな人物なのだろうか？　それとも、自分の価値観を貫く意志の強い人物だろうか？　姫君が口にする「人はすべて、つくろう所あるはわろし」というひと言は、ずしりと響く。虚飾に満ちた俗世への批判がこもっているこの言葉は、スピード感をもっていて、現代に届く。

冒頭に書いたように、「逢坂越えぬ権中納言」だけは成立年代がわかっている。『類《るい》聚歌合《じゅううたあわせ》』巻八「六条斎院禖子内親王家《ろくじょうのさいいんばいしないしんのうけ》物語歌合《うたあわせ》」に「あふさかこえぬ権中納言こしきふ」とあり、この物語中の一首「君が代の」が採られている。それによって、天喜《てんぎ》三年（一〇五五）五月三日庚申《こうしん》の夜、物語歌合わせの場で女房の小式部が提出した作品と判明している。

庚申の夜は、眠らずに過ごす風習があった。なぜ、眠らないで起きていたのか。眠ってしまうと、人間の腹に棲む三尸虫《さんしのむし》が天にのぼって、その人の悪事を天帝に告げ、命を短くしてしまう。道教のそんな教えが広まっていて、人々は眠らないように物語などして過ごしたらしい。

物語歌合わせの場で提出される物語は、おのずと、限られた時間のなかで聞いて把握できるひとまとまりのかたちを持ったものとなる。物語の場で披露《ひろう》されるのだから、意外な展開や人々をぐっと引きつける幕切れが求められただろうと想像できる。その一例が「逢坂越えぬ権中納言」といえる。時間的にも制約のある物語の場が、こうした短編を生んだのだ。

他に、『堤中納言物語』の成立を考える上で参照されてきた書物として『風葉《ふうよう》和歌集』（藤原為家《ふじわらのためいえ》の撰進かとされる）がある。文永八年（一二七一）に成立したこの物語歌集は、当時伝わっていたおよそ二百種の物語から、そのなかに載っている秀歌千四百十八首を選んで分類・配列したものだ。二十巻中、十八巻が現存する。物語に出てくる歌を集めた類書は他になく、『風葉和歌集』はその意味でも貴重だ。

この物語歌集に収められた歌の物語原本の多くは散逸《さんいつ》している。つまり、いまではタイトルしかわからなくなっている物語がいくつもあることがわかる。伝わらずに消えた物語がたくさんあることは残念だ。人間が生み出す物語は、伝わったり失われたりとさまざまな道を辿るのだな、と改めて思わずにいられない。けれど、まさにそれゆえに、伝わった物語は貴重だ。遠い昔に生きた人々の思いと言葉から、いろいろと想像することは楽しい。

『風葉和歌集』には、『堤中納言物語』所収の五編からそれぞれ一首ずつ採られている。だから、それらの物語は、文永八年以前に成ったものとわかる。「六条斎院禖子内親王家物語歌合」の天喜三年から『風葉和歌集』の文永八年まで、時間としては二百年以上の隔たりがある。そんなことからも、『堤中納言物語』をめぐっては、幅のある時間を射程に入れる必要があるとわかる。

それから、伝本（現在に伝わる写本または版本）について。六十余本が伝わる『堤中納言物語』の伝本は、近世以前には遡れないという。伝本によっては各編の配列の順番が異なっている。今回は、流布本《るふぼん》（もっとも多く読まれたもの）の順番にした。

先にも触れたように、作者も編者も、タイトルの由来も不明。わからないことだらけの物語集だ。けれど、それぞれの物語はいきいきとしている。それが、それこそが物語というものなんだな、と思う。風習や習俗など、現代ではすぐに思い描けないことが書かれているにもかかわらず、人物たちの間柄や心情、そしてその変化などは、ぐっと迫ってくる。わからない要素や部分を楽々と越えて、響いてくる。

編者が、これらの物語を面白いと思ってまとめた、その反応の道筋も見てとれる（編者を藤原定家に擬する説もある）。登場人物たちの喜怒哀楽、意外なユーモア、人生の背景に張りめぐらされているかのような、思いがけない出会いと別れの構図。

思い切ったことをいえば、平安時代の雅を感じさせる要素よりも、むしろ中世に表わされた笑い（芸能に出てくる笑いなど）に近い要素を、いくつかの物語はもっているのではないかと感じる。

編者はこれらの物語を読んで、ああ、そうだよな、とうなずいたにちがいない。あるいは、くすっと忍び笑いをしながら読んだだろう。『堤中納言物語』は、そういう感じが、とてもよく伝わってくる物語集なのだ。

不明なことだらけの物語集でも、そこに、物語そのものがあり、読むことができる。いま生きている読者が受け取り、いま生きている心のなかで物語を再生することができる。改めて考えてみても、これはなんという不思議なことだろうか。遠い昔の物語を、いまも読めるということは。

もちろん、当時の人々とは別のニュアンスで物語を受け止めている部分も少なくないだろう。それは、新たな意味の追加、あるいは創造といえるかもしれない。そう考えたい。読者もまた、限られた時代を生きるものなのだから。

作者や編者や、いつ書かれたのかなど、成立をめぐる事項が判明しなくても、現代においてなお、楽しんで読める。笑ってしまう。胸に迫る。どきりとさせられる。文字に書き留められた感情を、復元できる。復元できる気がする。それでいいではないか。そう『堤中納言物語』は語っているようだ。

『堤中納言物語』関係年譜

九〇〇年（昌泰《しょうたい》三年）
『竹取物語』このころまでに成立か。

九〇一年（延喜《えんぎ》元年）
菅原道真《すがわらのみちざね》、藤原時平《ふじわらのときひら》の讒訴《ざんそ》により、大宰府に左遷される。

九〇三年（延喜三年）
『伊勢物語』このころ成立か。

九〇五年（延喜五年）
最初の勅撰和歌集『古今和歌集』（紀《きの》貫之《つらゆき》などの撰進）成立。

九五五年（天暦《てんりゃく》九年）
『後撰和歌集』このころ成立。

＊元号はその事件・出来事が起こった時点のものにした。

九六九年（安和《あんな》二年）
『宇津保《うつほ》物語』この年以後に成立か。

九七四年（天延《てんえん》二年）
『蜻蛉《かげろう》日記』（藤原道綱母《ふじわらのみちつなのはは》）このころ成立。

九八七年（永延《えいえん》元年）
『落窪《おちくぼ》物語』このころ成立か。

九九〇年（正暦《しょうりゃく》元年）
藤原道隆の娘定子《ていし》、一条天皇の中宮となる。

一〇〇〇年（長保《ちょうほう》二年）
定子が皇后に、藤原道長の娘彰子《しょうし》が

中宮となる。
一〇〇一年（長保三年）
『枕草子』（清少納言）この年成立か。
『源氏物語』（紫式部）このころから執筆されたか。
一〇〇七年（寛弘《かんこう》四年）
『拾遺《しゅうい》和歌集』このころまでに成立。
一〇一〇年（寛弘七年）
『紫式部日記』この年以後に成立。
一〇一六年（長和《ちょうわ》五年）
藤原道長、摂政《せっしょう》となる。藤原氏全盛。
一〇一八年（寛仁《かんにん》二年）
『和漢朗詠集』（藤原公任《きんとう》撰）このころ成立か。
一〇二七年（万寿《まんじゅ》四年）
藤原道長没。
一〇三四年（長元《ちょうげん》七年）
『栄花《えいが》物語』正編、この年までに成立。
一〇五一年（永承《えいしょう》六年）
前九年《ぜんくねん》の役《えき》（―一〇六二年・康平《こうへい》五年）。
一〇五五年（天喜《てんぎ》三年）
『堤中納言物語』このころ以後に成立。
一〇五八年（康平元年）
『浜松中納言物語』このころ成立。
一〇六〇年（康平三年）
『更級《さらしな》日記』（菅原孝標女《すがわらのたかすえのむすめ》）『夜の寝《ね》覚《ざめ》』このころ成立か。
一〇七九年（承暦《じょうりゃく》三年）
『狭衣《さごろも》物語』このころ成立か。
一〇八三年（永保《えいほう》三年）
後三年《ごさんねん》の役《えき》（―一〇八七年・寛治《かんじ》元年）。
一〇八六年（応徳《おうとく》三年）

『後拾遺《ごしゅうい》和歌集』（藤原通俊《みちとし》の撰進）成立。堀河天皇即位、白河上皇の院政がはじまる。

一〇九六年（永長《えいちょう》元年）
京中に田楽《でんがく》が大流行する（永長の大田楽）。

一一二〇年（保安《ほうあん》元年）
『今昔物語集』このころ成立か。

一一二七年（大治《だいじ》二年）
『金葉《きんよう》和歌集』（源 俊頼《みなもとのとしより》の撰進）成立。

一一四一年（永治《えいじ》元年）
『大鏡』このころまでに成立か。

一一五一年（仁平《にんぺい》元年）
『詞花《しか》和歌集』（藤原顕輔《あきすけ》の撰進）成立。

一一五五年（久寿《きゅうじゅ》二年）
後白河天皇即位。

一一五六年（保元《ほうげん》元年）
保元の乱。朝廷が後白河天皇方と崇徳《すとく》上皇方に分裂し、武力衝突に至る。

一一五九年（平治《へいじ》元年）
平治の乱。

一一六〇年（永暦《えいりゃく》元年）
源義朝《よしとも》が殺され、子の頼朝《よりとも》は伊豆に流される。平清盛正三位となる。

一一六七年（仁安《にんあん》二年）
平清盛、太政大臣となる。平氏全盛。

一一八〇年（治承《じしょう》四年）
以仁《もちひと》王、平氏追討の令旨《りょうじ》を発する。
源頼朝、伊豆に挙兵。『明月記』（藤原定家）この年から嘉禎《かてい》元年（一二三五年）までの記録。

一一八一年（養和《ようわ》元年）

平清盛没。諸国、大飢饉。

一一八五年（文治《ぶんじ》元年）

平氏滅亡。

一一八八年（文治四年）

『千載和歌集《せんざいわかしゅう》』（藤原俊成《としなり》の撰進）成立。

一一九〇年（建久《けんきゅう》元年）

『山家集《さんかしゅう》』（西行）成立。『とりかへばや物語』このころ成立。

一一九二年（建久三年）

源頼朝、征夷大将軍に任ぜられ、鎌倉幕府成立。

一一九六年（建久七年）

『無名草子《むみょうぞうし》』この年から建仁《けんにん》二年までに成立か。

一一九九年（正治《しょうじ》元年）

源頼朝没。

一二〇五年（元久《げんきゅう》二年）

『新古今和歌集』（藤原定家などの撰進）成立。

一二一二年（建暦《けんりゃく》二年）

『方丈記』（鴨長明《かものちょうめい》）このころ成立。

一二一三年（建保《けんぽう》元年）

『金槐和歌集《きんかいわかしゅう》』（源実朝《さねとも》）成立。『宇治拾遺物語』建保年間に成立か。

一二一九年（承久《じょうきゅう》元年）

源実朝、公暁に暗殺される。

一二二〇年（承久二年）

『保元物語』『平治物語』このころまでに成立か。

一二二一年（承久三年）

承久の乱。後鳥羽上皇、隠岐《おき》に流される。『平家物語』このころまでに成立か。

一二四二年（仁治《にんじ》三年）
『東関紀行《とうかん》』このころ成立か。
一二四七年（宝治《ほうじ》元年）
『源平盛衰記』このころまでに成立か。
一二七一年（文永《ぶんえい》八年）
『風葉和歌集《ふうよう》』成立。
一二七四年（文永一一年）
文永の役（元寇《げんこう》・蒙古襲来）。
一二八〇年（弘安《こうあん》三年）
『十六夜日記《いざよい》』（阿仏尼《あぶつに》）このころ成立。
一二八一年（弘安四年）
弘安の役（元寇《げんこう》・蒙古襲来）。
一三三三年（元弘三年）
鎌倉幕府滅亡。

訳者あとがき

『堤中納言物語』を現代語に置き換えることにはさまざまな困難が伴った。まえがき・解説でも触れたが、この物語集、作者も書かれた時期も異なる短編から成っているのだ。けれど、人物関係、風俗慣習、本文の解釈の違いなど、不明な点にぶつかるたびに調べながら進むことはとても面白い経験でもあった。同じ箇所を繰り返し読むうちに、はっと腑に落ちる瞬間がある。なんだか判然としないと思って眺めた箇所の、すぐ後ろに、思いがけないほどにいきいきとした感情がひそむのを見れば驚く。その積み重ねは、物語が近づくことだった。

語釈や固有名詞に関して、最後まではっきりとせず、未詳のままとしたものもある。その作品が生まれた時代の読者や物語の聞き手にとっては、迷わなくても意味の通ったであろう事柄が、時の流れに洗われ、言葉の変化にも揉まれて、なんだかわからない異物と化して本文のなかにうずくまる。行く手を阻む岩石のように。古典文学と向き合うならば、それは珍しいことではない。

そんなとき、どういう方向へ寄せて考えるのか。手掛かりとなるのはやはり、人物関係。そして、人物関係を追いかけるうちに自ずとあぶり出されてくるものは、喜怒哀楽、人々の感情だった。物語の骨格を成す、関係と感情。あまりにも基本的なこの構図を、『堤中納言物語』に改めて見出したことによって、多くを教えられたと思う。

人が生き、言葉が交わされる場ではいつも物語が生まれてきた。昔もいまも、人は物語を通して疑い、また納得してきたのだろう。記憶を持ち、言葉を通して過去・現在・未来を持つということは、そういうことだ。

この古典新訳文庫は「いま、息をしている言葉で。」という方向性を念頭に置いたシリーズとなっている。「いま、息をしている」という表現からは、遠ざかっているものを引き寄せようというニュアンスを感じる。いま目の前で、自分と関係のあるものとして受け取る、という意味合いが感じられる。『堤中納言物語』に収められた物語を、どうすれば「いま、息をしている言葉で」表わせるか。読み物として成り立つすがたに仕立てるには、どんな工夫が可能だろうか。

そう考えながら、原文に対したとき、行わなければならないと判断した点の一つは、文を切ることだった。原文はどうしても一文が長いと感じられる場合が多い。その文章のかたちだからこそ浮かび上がるものがあることは承知していても、やはり、読みにくくなる。句点・読点で区切っていかないと、かえって物語の全体像が把握しにくくなってしまう。あくまでも、緩急のある読み物としてまとめることを優先し、（研究者・専門家の方々に顔をしかめられるかもしれないような）切断をほどこすかたちの文で進み、まとめた。

『堤中納言物語』とじっくり向き合う時間を持つことができてよかった。訳してみなければ一生出会わなかったに違いない事柄がいろいろとあるからだ。最後に、光文社翻訳編集部のみなさん、とくにいくつもの貴重な助言をいただいた駒井稔さん、丁寧な対応でこの一冊の実現を支えていただいた佐藤美奈子さんに心から感謝を申し上げます。

二〇一五年盛夏　　　　蜂飼耳

kobunsha classics
光文社古典新訳文庫

虫《むし》めづる姫君《ひめぎみ》　堤《つつみ》中《ちゅう》納《な》言《ごん》物語《ものがたり》

著者　作者未詳《さくしゃみしょう》
訳者　蜂飼耳《はちかいみみ》

2015年9月20日　初版第1刷発行
2024年12月20日　　　第5刷発行

発行者　三宅貴久
印刷　大日本印刷
製本　大日本印刷

発行所　株式会社光文社
〒112-8011東京都文京区音羽1-16-6
電話　03（5395）8162（編集部）
03（5395）8116（書籍販売部）
03（5395）8125（制作部）
www.kobunsha.com

落丁本・乱丁本は制作部へご連絡くだされば、お取り替えいたします。
ISBN978-4-334-75318-4 Printed in Japan

いま、息をしている言葉で、もういちど古典を

長い年月をかけて世界中で読み継がれてきたのが古典です。奥の深い味わいある作品ばかりがそろっており、この「古典の森」に分け入ることは人生のもっとも大きな喜びであることに異論のある人はいないはずです。しかしながら、こんなに豊饒で魅力に満ちた古典を、なぜわたしたちはこれほどまで疎んじてきたのでしょうか。

ひとつには古臭い教養主義からの逃走だったのかもしれません。真面目に文学や思想を論じることは、ある種の権威化であるという思いから、その呪縛から逃れるために、教養そのものを否定しすぎてしまったのではないでしょうか。

いま、時代は大きな転換期を迎えています。まれに見るスピードで歴史が動いていくのを多くの人々が実感していると思います。

こんな時わたしたちを支え、導いてくれるものが古典なのです。「いま、息をしている言葉で」――光文社の古典新訳文庫は、さまよえる現代人の心の奥底まで届くような言葉で、古典を現代に蘇らせることを意図して創刊されました。気取らず、自由に、心の赴くままに、気軽に手に取って楽しめる古典作品を、新訳という光のもとに読者に届けていくこと。それがこの文庫の使命だとわたしたちは考えています。

このシリーズについてのご意見、ご感想、ご要望をハガキ、手紙、メール等で翻訳編集部までお寄せください。今後の企画の参考にさせていただきます。
メール　info@kotensinyaku.jp

太平記（上）

作者未詳／亀田《かめだ》 俊和《としたか》◉訳

陰謀と寝返り、英雄たちの雄姿と凋落。足利尊氏・直義、後醍醐天皇、新田義貞、楠木正成らによる日本各地で繰り広げられた南北朝期の動乱を描いた歴史文学の傑作。（全2巻）

太平記（下）

作者未詳／亀田《かめだ》 俊和《としたか》◉訳

後醍醐天皇は吉野に逃れ、幕府が優位を築くも、驕った高師直らは専横をきわめる。やがて観応の擾乱が勃発。紆余曲折の末、足利政権が覇権を確立していく様をダイナミックに描く。

好色一代男

井原《いはら》 西鶴《さいかく》／中嶋《なかじま》 隆《たかし》◉訳

七歳で色事に目覚め、地方を遍歴しながら名高い遊女たちとの好色生活を続けた世之介。光源氏に並ぶ日本文学史上最大のプレイボーイの生涯を描いた日本初のベストセラー小説。

好色五人女

井原《いはら》 西鶴《さいかく》／田中《たなか》 貴子《たかこ》◉訳

江戸の世を騒がせた男女の事件をもとに西鶴が創り上げた、極上のエンターテインメント五編。恋に賭ける女たちのリアルが、臨場感あふれる新訳で伝わる性愛と「義」の物語。

三酔人経綸問答

中江《なかえ》 兆民《ちょうみん》／鶴ケ谷《つるがや》真一《しんいち》◉訳

絶対平和を主張する洋学紳士君、対外侵略をと激する豪傑君、二人に持論を陳腐とされる南海先生。思想劇に仕立て、近代日本の問題の核心を突く兆民の代表作。（解説・山田博雄）

一年有半

中江《なかえ》 兆民《ちょうみん》／鶴ケ谷《つるがや》真一《しんいち》◉訳

政治への辛辣な批判と人形浄瑠璃への熱い想い。〝余命一年半〟を宣告された兆民による痛快かつ痛切なエッセイ集。豊富で詳細な注により、理念と情念の人・兆民像が浮かび上がる！

光文社古典新訳文庫　好評既刊

翼　李箱作品集

李《イ》箱《サン》／斎《さい》藤《とう》真《ま》理《り》子《こ》◉訳

怠惰を愛する「僕」は、隣室で妻が「来客」からもらうお金を分け与えられて……。表題作ほか、韓国文学史上、最も伝説に満ちた作家による小説、詩、日本語詩、随筆等を収録。

血の涙

李《イ》人《イン》稙《ジク》／波《は》田《た》野《の》節《せつ》子《こ》◉訳

日清戦争の戦場・平壌。砲弾が降り注ぐなか、親とはぐれた七歳のオンニョンは、情に厚い日本人軍医に引き取られるが……。「朝鮮で最初の小説家」と称えられた著者の代表作。

スッタニパータ　ブッダの言葉

今《いま》枝《えだ》由《よし》郎《ろう》◉訳

最古の仏典を、難解な漢訳仏教用語を使わずに、原典から平易な日常語で全訳。人々の質問に答え、有力者を教え諭す、「目覚めた人」ブッダのひたむきさが、いま鮮やかに蘇る。

ダンマパダ　ブッダ 真理の言葉

今《いま》枝《えだ》由《よし》郎《ろう》◉訳

あらゆる苦しみを乗り越える方法を見出したブッダが、感情や執着との付き合い方など、日々の実践の指針を平易な日常語で語る。『スッタニパータ』と双璧をなす最古の仏典。

悪い時

ガブリエル・ガルシア・マルケス／寺《てら》尾《お》隆《りゅう》吉《きち》◉訳

住人の秘密を暴露するビラが戸口に貼られ、息苦しさが町全体に伝染する……。「暴力時代」後のコロンビア社会を覆う不穏な空気が蘇る物語。『百年の孤独』へと連なる問題作！

城

カフカ／丘《おか》沢《ざわ》静《しず》也《や》◉訳

城から依頼された仕事だったが、近づこうにもいっこうにたどり着けず、役所の対応に振りまわされる測量士Kは、果たして……。最新の史的批判版に基づく解像度の高い決定訳。